Klaus-Peter Wolf

Drei tolle Nullen

Dunkler Verdacht

SCHNEIDER BUCH

Die Deutsche Bibliothek – CIP-Einheitsaufnahme

Wolf, Klaus-Peter:
Drei tolle Nullen / Klaus-Peter Wolf. – München :
F. Schneider.

Bd. 8 Dunkler Verdacht. – 1992
ISBN 3-505-04703-1

Frankfurter Ring 150 · 8000 München 40

Titelbild: Christian Dekelver
Umschlaggestaltung: Claudia Böhmer
Lektorat: Helga Jokl
Textredaktion: Renate Navé
Herstellung: Gabi König
Satz: FIBO LICHTSATZ GmbH, München, 11' Garamond
Druck: Presse Druck, Augsburg
ISBN: 3-505-04703-1

1

Achim läßt sich nicht abwimmeln. Er radelt neben Angel-Olaf durch den Park und fordert trotzig: „Ich will aber bei den ‚Drei tollen Nullen' Mitglied werden."

Genervt hält Olaf an und sieht Achim in die Augen. „Das geht nicht. Kapierst du das nicht?"

„Natürlich geht es. Warum denn nicht?"

Olaf guckt in die Wolken, als müsse er den Himmel für diese dumme Frage um Verzeihung bitten. „Weil wir die ‚Drei tollen Nullen' heißen und nicht die ‚Vier trüben Tassen'."

Dieses Argument läßt Achim nicht gelten. Er zieht einen Schokoladenriegel aus der Tasche und hält ihn Olaf hin. „Möchtest du?"

Olaf merkt als alter Angler sofort, wenn ein Köder ausgeworfen wird. Aber Olaf beißt nicht an. Er ist schließlich nicht so blöd wie der Hecht, den er neulich mit einer alten Bratwurst überlisten konnte. „Nein, Achim. Einkaufen kann man sich bei uns schon gar nicht."

„Ich will aber bei euch Mitglied werden. Ich will! Ich will! Ich will!"

„Wie stellst du dir das überhaupt vor? Mitgliedsausweise gibt es bei uns nicht. Auch keine Mitgliedsbeiträge und keine Vorstandssitzung. Wir haben nicht einmal einen Boß. Wir sind einfach nur Freunde. Richtige Freunde. Verstehst du das? Wir teilen alles. Unseren Kummer, unsere Freude, unseren Kaugummi ..."

„Und eure Freundin!" ergänzt Achim mit Glanz in den Augen.

Darauf geht Olaf nicht ein. Er weiß, wie sehr sich die ganze Klasse – ach, die ganze Schule – darüber aufregt. Zwei Jungen und ein Mädchen, das geht doch nicht. Zwei Mädchen, die ein und denselben Jungen lieben, das könnten die meisten noch verstehen. Aber zwei Jungen und ein Mädchen? Wie soll Olaf es erklären? Er versteht es selbst nicht. Es ist eben so. Für Liebe und Freundschaft gibt es keine Argumente.

„Ihr geht doch beide mit ihr – stimmt's, oder hab ich recht?" hakt Achim nach.

„Ach – ich verstehe, und du denkst, wenn du bei uns noch mitmachst, dann geht sie auch mit dir, oder was?" lacht Olaf spöttisch. Langsam glaubt er, Achims wahre Absichten zu durchschauen. „Schlag es dir aus dem Kopf, Achim. Die Sache läuft nicht. Du kannst gern ab und zu bei uns mitmachen. Aber richtig dazugehören wirst du nie."

„Warum nicht? Hältst du mich auch für einen blöden Streber?"

Abwehrend hebt Olaf eine Hand. Er tut so, als sei es ihm egal, aber in Wirklichkeit macht es ihn mächtig sauer, daß Achim in allen Fächern der Beste sein muß.

„Mein Notendurchschnitt ist ..."

„Eins Komma eins. Ich weiß. Du stehst in allen Fächern auf Eins. Nur in Deutsch hast du eine Zwei."

„Zwei plus!" ergänzt Achim.

„Und warum läßt du dann nie jemanden abschreiben? Warum hilfst du einem nie weiter, wenn man etwas mal nicht verstanden hat?"

Achim schluckt. „Weil das ungerecht wäre."

„Ungerecht?"

„Ja. Die Noten sollen zeigen, wer der Beste ist und wer der Schlechteste. Wenn ich allen helfe, besser zu werden, schneide ich schlechter ab."

„Du meinst: Der Gute braucht, um gut zu sein, die Schlechten?"

„Na klar. Wenn alle gut sind, bringt das nichts mehr."

„O Mann! Du hast Ansichten!" stöhnt Olaf.

Unbeirrt fährt Achim fort: „Der Starke ist nur dort stark, wo auch Schwache sind."

Jetzt hat er es geschafft. Olaf ist echt sauer. „Na klar", zischt Olaf, „und damit es richtig Spaß macht, reich zu sein, müssen andere im Elend darben, oder was?"

Achim nickt, obwohl er weiß, daß damit seine Chance, auch eine „tolle Null" zu werden, von „unmöglich" auf „völlig unmöglich" sinkt.

Olaf läßt ihn einfach stehen und radelt nach Hause. Er muß seine Aquarien säubern. Die Scheiben setzen Algen an.

Heute wird bei den Füllers nicht gekocht. Olaf hat Geld in der Tasche. Er soll unterwegs essen. Er läßt es sich auf dem Heimweg an einer Imbißbude schmekken. Pommes rot-weiß. Während er sich die fettigen

Kartoffelstäbchen in den Mund baggert, denkt er über das Gespräch mit Achim nach.

Wenn die Menschen auf der ganzen Welt satt würden, denkt er, schmeckten mir die Pommes noch mal so gut.

Er bestellt sich eine zweite Portion. Dann wenden sich seine Gedanken anderen Dingen zu. Seinen Fischen. Der Guppyzucht und den neugeborenen Schwertfischen.

Er will bis Montag alle Aquarien gründlich reinigen. Leider wollen Olli und Oskar ihm dabei nicht helfen. Sie haben etwas Besseres vor. Olli nimmt nämlich jetzt Unterricht bei Oskar. Ein bißchen wurmt es Olaf. Aber warum soll er sich ärgern? Seine Fische brauchen ihn an diesem Wochenende. Ohne ihn würden sie sterben. In ihrer ganzen bunten Pracht sind sie abhängig von ihm, Olaf. Er muß die Maschinen in Gang halten, die ihnen mitten in der Kleinstadt ein Stückchen Amazonas bieten. Außerhalb der Becken, in einem Teich oder in der Ichte, würden sie keine drei Stunden überleben. Er ist sich der Verantwortung, die er für sie hat, bewußt. Sie machen ihm viel Freude, aber eben auch Arbeit.

2

Es gibt Jugendliche, die können mit einem einzigen Steinwurf eine Fensterscheibe zerdeppern. Bastel-Oskar hat das nicht nötig. Er ahmt das Zersplittern einer Scheibe so täuschend ähnlich nach, daß die Leute erschrocken zur Seite springen oder die Hände schützend über den Kopf heben. Wenn sie sich dann umschauen, sehen sie nichts, obwohl sie die kleinen Glassplitter noch zu Boden prasseln hören.

Auch reißende Hosen oder Fürze macht er so gut nach, daß die echten Geräusche im Vergleich falsch klingen.

Nußbaum, Herrn Direktor Nußbaum, hat er damit schon manchmal an den Rand des Wahnsinns getrieben.

Olli will von Oskar das Stimmenimitieren lernen. Auf das Bauchreden und Geräuscheproduzieren ist sie nicht so scharf. Es reicht ihr, wenn sie ein paar berühmte Schauspielerinnen oder Politikerinnen nachahmen kann.

Ihre Oma kann Olli am Telefon so gut imitieren, daß alle Anrufer Olli für die echte Oma halten. Sogar Omis Freund Alfred hat Olli damit schon reingelegt.

Als er anrief, um sich nach Omis Wohlbefinden zu erkundigen, sagte Olli mit der Stimme ihrer Omi: „Ach, es wäre ganz reizend, wenn du heute nachmittag zum Kaffeetrinken vorbeikommen könntest. Bring doch Sahne mit. Ich backe einen Kuchen. Und vergiß Olivia nicht."

„Warum? Was ist mir ihr?"

„Aber Alfred. Sie hat Geburtstag!"

„Geburtstag? Hatte sie doch erst vor drei Monaten."

„Nein. Du mußt dich irren. Ich weiß es genau. Schließlich bin ich ihre Oma."

Alfred kam am Nachmittag und brachte Olli zum Geburtstag eine Spielesammlung mit.

Olli nahm das Geschenk gerne an. Nur Alfred guckte komisch, als Omi sagte: „Aber Alfred, Olli hatte doch erst vor kurzem Geburtstag. Du hast ihr ein Paar Stiefel geschenkt. Erinnerst du dich nicht mehr? Herrje, bist du vergeßlich!"

Mit dem Stimmenimitieren ist es wie mit den Fremdsprachen. Will man sie lernen, gibt es nur einen Weg: üben, üben, üben.

Also übt Olli.

3

Als am Sonntagmorgen das Telefon bei Nußbaums klingelt, reißt es zunächst nur Bronko, den dicken, weißen Pudel, aus dem Schlaf. Er liegt nämlich nicht in seinem Körbchen, sondern hat sich heimlich in den viel bequemeren Schaukelstuhl gerollt. Den haart er jetzt voll. Und ausgerechnet neben dem wackligen Sitzmöbel steht das Telefon mit dem grausamen Klingelzeichen.

Aus Angst, erwischt zu werden, schießt Bronko von seiner Ruhestätte hoch. Der Schaukelstuhl bekommt durch den Blitzstart so viel Schwung, daß er nach hinten überschlägt. Das laute Klirren, als die Kufen die große Porzellanvase zerdeppern, ertönt gleichzeitig mit dem zweiten Klingeln.

Bronko jault los. Es hört sich an wie im Zoo bei den Seehunden kurz vor der Fütterung. Nur: Bronko ist fürchterlich wasserscheu. Er schafft es kaum, die Zunge beim Trinken naß zu machen. Und nun jault er wie ein Seehund.

Direktor Nußbaum zieht sich ein Kissen über den Kopf und stupst seine Frau an. „Agathe! Telefon!"

„Ja. Ich habe es gehört."

Nun wartet Dr. Nußbaum darauf, daß seine Frau aufsteht. Vergeblich. Die Matratze knarrt nicht. Das Klingeln und das Jaulen zerren an Nußbaums Nerven. „Willst du nicht rangehen?" fragt er bissig.

„Nein. Es ist sowieso für dich."

„Woher willst du das wissen?"

„Es ist meistens für dich. Warum sollte ausgerechnet jetzt jemand für mich anrufen? Meine Freundinnen wissen, daß ich sonntags gerne lange schlafe."

Nußbaum stöhnt. Der Tag fängt ja gut an. „Du gehst jetzt ans Telefon!" befiehlt er.

Dieser Ton kommt selbst bei seinen Schülern nicht an. Und Agathe lächelt nur darüber.

„Ich bin deine Frau. Nicht dein automatischer Anrufbeantworter. Ich habe dir oft genug gesagt: Kauf einen. Aber du bist ja zu geizig."

Das Wort „geizig" sorgt gleich dafür, daß Nußbaum einen sauren Magen bekommt. Es gibt gewisse Reizwörter, die kann er nicht vertragen. Die machen ihn krank.

Wenn Agathe „geizig" sagt, dann wird sie nicht lokkerlassen. Dann muß er – um das Wort nicht mehr zu hören – bald eine sinnlose Ausgabe tätigen. Zum Beispiel einen Anrufbeantworter kaufen.

Bronko wird schon heiser, aber er jault weiter. Auch das Telefon gibt keine Ruhe.

Mein Gott, denkt Nußbaum, wenn jemand so hartnäckig ist, dann wird es wohl wichtig sein. Vielleicht brennt die Schule. Aber wahrscheinlich hat nur wieder einer meiner faulen Kollegen einen Kater und will sich für Montag krank melden. Ich soll dann die Stunden übernehmen.

Er tippt auf Peter Lohmann oder Herrn Wirsing. Denen wird er aber gleich die Meinung geigen!

Er quält sich hoch. „Bleib ruhig liegen, Agathe. Ich geh' schon!“ faucht er wütend.

„Ich wäre sowieso liegengeblieben“, antwortet sie verschlafen.

Das tut Nußbaums Magen gar nicht gut. Barfuß trottet er zum Telefon.

Bronko hört sofort mit der Jaulerei auf. Er läuft herbei und leckt Nußbaum die Füße ab.

Der wundert sich über den umgekippten Schaukelstuhl, sieht aber die Scherben nicht und tritt hinein.

„Ah! Aua! Autsch! Hilfe! Agathe!“

Mit einem Sprung auf die Holztruhe rettet er sich. Er hält die schmerzenden Füße hoch und greift zum Telefon.

„Ja ... auah ... Nußbaum. Wer wagt es, meine ... auah ... Sonntagsruhe zu stören?!“

„Guten Tag, Herr Auah Nußbaum. Mein Name ist Benzinger. Frau Doktor Marianne Benzinger vom Bundeskanzleramt.“

„B...Bundeskanzler...amt?“

„Ja, genau. Sie wundern sich sicherlich, daß ich Sie um diese Zeit anrufe. Ich hoffe, ich störe nicht.“

„Nein, überhaupt nicht. Ich war sowieso wach ..., äh ... auf. Ich bereite Sonntag morgens immer den Unterricht für die kommende Woche vor. Ich sage mir immer: Auah ..., Morgenstund' hat Gold im Mund.“ Nußbaum hält die schmerzenden Füße immer noch hoch in die Luft.

Bronko hält das für eine Aufforderung. Bronko liebt Stinkfüße, Schweißsocken und alte Schuhe. Er leckt sie gern ab, bevor er sie zerfetzt. Bei Socken und Schuhen ist ihm das schon oft gelungen. Bei Stinkfüßen traute er sich bisher nicht übers Ablecken hinaus. Aber wenn sein Herrchen unbedingt will ...

„Nein! Hör auf, du Vieh! Laß das! Bastard!"

„Bitte?" fragt Frau Benzinger pikiert.

„Ich meine nicht Sie. Ich rede mit meinem Hund. Der knabbert mir an den Zehen herum."

„Soll ich vielleicht später noch einmal anrufen, Herr Auah Nußbaum?"

Eigentlich würde Nußbaum nun gerne klarstellen, daß er mit Vornamen gar nicht Auah heißt, aber dazu kommt er nicht. Er kämpft stumm mit Bronko und hört angespannt zu.

„Also, Herr Doktor Nußbaum, es ist nämlich so. Sie wissen doch, daß der Bundeskanzler alljährlich ein großes Fest veranstaltet. Es kommen Künstler aus aller Welt, Schauspieler, Maler, Bildhauer, Politiker und ..., ja und wir wollten Sie als Direktor der Graf-Bischoff-Schule auch gerne einladen."

„Mich?"

„Jawohl. Auf ausdrücklichen Wunsch des Herrn Bundeskanzlers soll ich Sie fragen, ob Sie vielleicht Lust hätten zu kommen."

„Ja ... ähm ..., es ist mir eine Ehre. Aber woher kennt der Herr Bundeskanzler mich denn?"

Frau Benzinger lacht freundlich. „Er kennt Sie natürlich nicht persönlich. Aber er legt Wert darauf, daß ein verdienter Beamter aus dem Schulwesen eingeladen wird. Ein Mann der Praxis, der die Staatsbürger von morgen erzieht. Ein Mann wie Sie."

Innerlich steht Nußbaum stramm wie ein Zinnsoldat. Wenn nur der dicke Pudel nicht wäre. Nußbaum tritt nach ihm. Bronko faßt es als Spiel auf und schnappt übermütig nach dem Fuß.

„Ihre Verdienste sind uns zu Ohren gekommen. Ihre Schule, die Graf-Bischoff-Schule, hat ja Tradition. Der Bundeskanzler läßt Sie also durch mich bitten, auch einen auserwählten Schüler mitzubringen. Es kann natürlich auch eine Schülerin sein – und dann vielleicht noch einen Kollegen."

„Ja ... ich ... ähm ... also, ich bin platt. Äh, ich meine, ich bedanke mich herzlich für die Einladung. Ich bin geehrt und werde selbstverständlich kommen."

„Ja, Herr Doktor Nußbaum, wann paßt es Ihnen denn?"

„Wann es mir paßt?"

„Haha, ich meine, können Sie am fünften Juni?"

„Selbstverständlich. Wenn der Bundeskanzler mich ruft, dann komme ich. Er kann sich auf mich verlassen."

„Davon sind wir ausgegangen, Herr Direktor Nußbaum. Es soll ein fröhliches Sommerfest werden, das Lebensfreude und Optimismus ausstrahlt. Fernsehsender werden es ins ganze Land übertragen. Darum dachten wir uns, alle sollten in helle, bunte Farben gekleidet sein."

„Gute Idee!"

„Die Damen in rosa Kleider mit gelben Rüschchen und die Herren in hellgrüne Anzüge."

Nußbaum schluckt. „Phantastische Idee."

„Sie haben doch einen hellgrünen Anzug, Herr Doktor Nußbaum ..., oder?"

„Aber natürlich! Hellgrün ist meine Lieblingsfarbe!"

„Na sehen Sie, da geht es Ihnen wie dem Bundeskanzler. Am besten tragen Sie darunter eine gelbe Weste."

„Gelbe Weste ... hellgrüner Anzug ... hm."

„Nun ja, denken Sie an die Fernsehleute. Heutzutage hat doch jeder einen Farbfernseher. Da kann man mit schwarzen Anzügen und weißen Hemden keinen Blumentopf mehr gewinnen. Es muß Farbe auf den Bildschirm."

„Ja, selbstverständlich. Wenn der Bundeskanzler meint ...", gibt Nußbaum schweren Herzens nach.

„Also dann, bis zum fünften Juni."

„Ja. Ähm, auf Wiederhören...sehen ... und schöne Grüße an den Bundeskanzler."

Frau Benzinger hat aufgelegt. In letzter Sekunde, glaubt Nußbaum, hat jemand im Hintergrund gekichert. Aber warum soll es sonntags im Bundeskanzleramt nicht mal lustig hergehen?"

Nußbaum sperrt Bronko in die Küche zu dem Rollbraten. (Es gibt jeden Sonntag Rollbraten bei Nußbaums. Agathe macht ihn schon samstags fertig und sonntags nur noch warm. Nur heute wohl nicht, wie wir gleich sehen werden.)

Dann humpelt Nußbaum ins Schlafzimmer zurück.

Er ist eingeladen beim Bundeskanzler! Zwischen Künstlern, Stars und Politikern wird er feiern. Es gibt eben doch eine Gerechtigkeit im Leben. Da werden Lohmann und Wirsing und die ganze faule

Bande aber Augen machen!

Er läßt sich aufs Bett fallen.

„Na?“ fragt Agathe versöhnlich. „Wer war es denn?“

„Der Bundeskanzler“, lügt Nußbaum und genießt den respektvollen Blick seiner Frau.

„Der Bundeskanzler?“

Nußbaum nickt, als seien Anrufe hochrangiger Politiker bei ihm so häufig wie die von nahen Verwandten.

„Und was wollte der?“ fragt Agathe ungläubig.

„Ach, er hat mich zu einem Fest eingeladen.“

Frau Nußbaum richtet sich im Bett auf. „Soso, er hat dich zu einem Fest eingeladen.“

„Hm.“

„Und was ist mit mir? Soll das heißen, ich darf nicht mit?“

Mist, denkt Nußbaum. Ich hätte fragen müssen, ob die Einladung auch für Agathe gilt. „Weißt du denn, wie man sich auf so einem Fest benimmt ..., ich meine, zwischen all den Prominenten?“

„Mach mich nicht wütend!“ brüllt sie.

„Beruhige dich, Schatz, und zieh mir die Splitter aus den Füßen. Ich bin in Scherben getreten.“

„In was für Scherben?“

„Bronko hat die große Vase umgeworfen.“

„Und wo ist Bronko jetzt?“

„Ich habe ihn zur Strafe in die Küche eingeschlossen.“

Frau Nußbaum hechtet aus dem Bett. „Zur Strafe?“ kreischt sie. „Unser Rollbraten!“

Sie rennt. Nußbaum hinterher.

Aber sie kommen zu spät.

Bronko steht auf der Anrichte. Der Deckel der Schmorpfanne auf dem Boden. Die Pfanne ist leer. Bronko leckt sich. Von seinem linken Ohr tropft Soße herab.

Nußbaum blickt verwirrt um sich. In dem Moment fliegt ein Pflasterstein heran. Zielgenau nähert er sich im Anflug der großen Fensterscheibe. Der Stein trifft genau die Mitte. Die Scheibe zerbirst in ein paar hundert winzige Teile. Wie ein Diamantregen prasseln sie ins Wohnzimmer, hüpfen auf der Tischplatte herum oder graben sich in den dicken Teppichboden ein.

Bronko verkriecht sich ängstlich unter der Sitzbank.

Agathe Nußbaum kündigt sachlich an: „Ich krieg zuviel."

Nußbaum starrt einen Moment durch die offene Küchentür ins Wohnzimmer. Er überlegt, ob er mit einem kühnen Satz vom Sofa aus durchs zerschlagene Fenster in den Garten springen soll. Er könnte es schaffen und bestimmt seine Frau damit tief beeindrucken. Aber er müßte erneut durch die Scherben, und inzwischen sind viele hinzugekommen. Außerdem könnte so ein Fenstersprung seinem Rücken schaden.

Da sieht Nußbaum auf dem Teppich den Pflasterstein. Ein Zettel ist daran befestigt:

Nußbaum, hau ab!

Unten auf den Zettel hat jemand einen Klecks gemalt. Er sieht aus wie eine schwarze Rose.

4

Es ist immer noch Sonntagmorgen.

Peter Lohmann, der Deutschlehrer der „Drei tollen Nullen“, tritt im weißen Anzug vor die Haustür. Er will mit seiner Frau Tante Mia besuchen fahren. Das heißt: er will eigentlich nicht. Er muß. Er kann Tante Mia nicht ausstehen. Das beruht auf Gegenseitigkeit. Aber seine Frau besteht auf einem Anstandsbesuch pro Monat. Der Tag ist heute. Lohmann kann sich nicht drücken.

Doch dann steht er mit seiner Frau ratlos vor dem nicht mehr ganz neuen Sportwagen. Alle vier Reifen sind platt.

Frau Lohmann verdächtigt in einem ersten Anflug von Zorn ihren Ehemann: „Ich weiß ja, daß du Tante Mia nicht ausstehen kannst. Aber du mußt sie wohl richtig hassen, sonst hättest du doch nicht ...“

„Aber Liebste – das war ich nicht! Ich laß mir doch nicht selbst die Luft aus den Reifen.“

„Na, wer weiß. Mit diesem Auto hast du schon so manchen Unsinn angestellt.“ *

Lohmann kniet sich hin und untersucht das linke Vorderrad. Dabei macht er sich seine weiße Anzughose am Knie schmutzig. Jetzt ärgert er sich noch darüber. Wenn er erst alle vier Räder gewechselt haben wird, fällt der Fleck kaum noch auf.

---

* Drei tolle Nullen; Band 7 „Der Teufelsflitzer“

Neben dem Rad findet er eine schwarze Papierrose. Zunächst will er sie seiner Frau schenken. Dann steckt er sie achtlos ein.

„Ein glatter Einschnitt“, sagt er. „Vermutlich mit einem Messer. Zum Glück habe ich noch Reservereifen im Keller. Es dauert nicht lange, Liebling. Ich mach es sofort.“

„Sollen wir nicht lieber mit dem Taxi fahren?“

„Nein.“ Lohmann will sein Auto auf keinen Fall so stehenlassen. Schon stampft er die Kellertreppe hinunter und hievt die staubigen Reservereifen aus dem Holzregal.

In dem Moment ertönt oben die Stimme seiner Frau: „Peter! Paß auf deinen Anzug auf!“

Zu spät.

5

Als Oberstudienrat Wirsing, der Chemie- und Kunstlehrer der „Drei tollen Nullen“, in seinen Hobbyraum geht, um dort an seinen Chemiebildern zu basteln, steht er plötzlich bis zu den Knöcheln im Wasser. Zunächst glaubt er, eines seiner Flüssigkeitsbilder sei ausgelaufen. Aber das stimmt nicht. Unbeschädigt hängen sie an den Wänden.

Aber woher kommt dieses Plätschern? Was überflutet den ganzen Keller?

Da sieht er den Gartenschlauch, der durch das offene Kellerfenster hereinhängt. Aus dem Schlauch schießt ein dicker Wasserstrahl. Dort, wo er an der

Wand herunterläuft, wellt sich bereits die Tapete.

Einige Farbtöpfe und Reagenzgläser mit Flüssigkeiten schwimmen Herrn Wirsing entgegen.

Er rennt die Kellertreppe hoch, flucht, hastet durch den Flur in den Garten, flucht noch einmal und dreht dort den Wasserhahn zu.

Das hat jemand absichtlich getan, denkt er. Irgend jemand, der mich nicht leiden kann. Aber wer?

6

Nußbaum steht im Lehrerzimmer an der Kaffeemaschine. Er kommt mit diesem Automaten einfach nicht klar. Drückt er sanft auf den roten Knopf, passiert nichts. Drückt er fest darauf, spritzt der Kaffee so hart in seine Tasse, daß er wieder rausspritzt. Dann stoppt der Automat nicht, und die Tasse läuft über. Dann auch die Untertasse. Aber die Kaffeemaschine spuckt immer noch mehr von dem sumpfigen, schwarzen Zeug aus.

Mit Taschentüchern versucht Herr Nußbaum die Sintflut zu bremsen. Alles zwecklos. Erst als Peter Lohmann dazukommt, stoppt der Automat von ganz allein. Lohmann stellt seine Tasse darunter, drückt einmal kurz. Die Tasse läuft voll, und mit einem Brummen stellt sich der Automat ab.

Wirsing grinst. Ein unverschämtes Grinsen, findet Dr. Nußbaum. Aber der kann vermutlich gar nicht mehr anders grinsen, dem ist die Schönheit eines Schimpansen ins Gesicht gemeißelt.

„Also“, sagt Nußbaum, „eins ist klar: Irgend jemand spielt uns übel mit. Und ich wette ein Monatsgehalt, daß es Schüler sind.“

„Das glaube ich nicht!“ entfährt es Lohmann viel zu schnell, um überzeugend zu klingen.

„Denken Sie doch mal nach, liebe Kollegen, was verbindet uns? Was haben wir gemeinsam?“

Wirsing und Lohmann überlegen.

„Wir sind alle Lehrer dieser Schule“, fährt Nußbaum fort. „Es spricht also viel dafür, daß einer unserer Schüler ...“

„Oder zwei.“

„Oder drei.“

Die Lehrer sehen sich groß an.

Gleichzeitig sprechen sie es aus: „Die ‚Drei tollen Nullen‘.“

Aber jeder von ihnen sagt es anders.

Lohmann ungläubig, mit großem Fragezeichen. Er hofft, daß es nicht stimmt.

Nußbaum ruft es laut, mit dickem Ausrufezeichen: „Die ‚Drei tollen Nullen‘.“ Es klingt wie: Das habe ich ja schon immer gesagt!

Bei Wirsing klingt es verständnislos. Er hat einfach nicht damit gerechnet. Auch eine Portion Enttäuschung schwingt mit.

Nußbaum nickt heftig. Da er dabei die Kaffeetasse in der Hand hält, verschlabbert er die Hälfte.

Wirsing amüsiert sich darüber. Schadenfreude war schon immer seine Lieblingsfreude.

Lohmann schüttelt den Kopf. „Nein. Das glaube ich nicht. Warum sollen es die ‚Drei tollen Nullen‘ gewesen sein? Jeder Schüler könnte ...“

Dr. Nußbaum erhebt seinen Zeigefinger, als hielte er vor der Klasse eine Moralpredigt. „Andere Schüler hätten dazu gar nicht den Mut und die nötige Rücksichtslosigkeit."

„Hm ...", denkt Wirsing laut nach. „Mutig sind die drei. Das stimmt schon. Aber rücksichtslos? Ihre Streiche zeichneten sich immer eher durch Phantasie aus als durch Zerstörungswut."

Lohmann stimmt dem zu. „Seien wir doch mal ehrlich: Wenn einer von den ‚Drei tollen Nullen' hereingelegt wurde, dann haben wir doch meistens herzhaft darüber lachen können."

„Ich nie!" widerspricht Nußbaum.

„Aber werter Kollege Nußbaum! Ich denke jetzt nur daran, wie die ‚Drei tollen Nullen' Ihnen einen Füller mit Zaubertinte zum Geburtstag geschenkt haben und Sie damit ..." Vor Lachen kann Lohmann kaum weitersprechen. „... Und Sie damit die Diktathefte korrigiert haben!"

„Pffhhh!" platzt Wirsing los. „Ja, das war wirklich zu komisch! Die Schrift verschwand wie von Geisterhand!" *

Nußbaums Gesichtszüge versteinern. Er ist empört über seine Kollegen. „Also, ich kann darüber nicht lachen."

Wirsing klatscht sich auf die Oberschenkel: „Oder als Olli Sie in einen großen, grünen Elefanten verzaubern wollte ... und Sie eine kleine, graue Maus wurden!" **

---

* Drei tolle Nullen; Band 1 „Geheimes Theater"

** Drei tolle Nullen; Band 6 „Nußbaums Rache"

Lohmann hat Probleme, sich nicht zu verschlukken, so sehr gibbelt er los.

Nußbaum knallt seine Kaffeetasse auf die Anrichte und stemmt die Fäuste in die Hüften. „Ja, sehr witzig! Wirklich! Furchtbar komisch! Und daß sie Ihnen jetzt die Reifen zerstochen haben, darüber können Sie wohl auch lachen, ja?"

„Nein", sagt Lohmann, „ganz und gar nicht. Aber ich kann mir auch nicht vorstellen, daß ..."

„... Ihre Lieblingsschüler so etwas tun!" ergänzt Nußbaum.

Lohmann fühlt sich ertappt.

7

„Ich muß euch mal sprechen!" sagt Direktor Nußbaum streng und winkt die „Drei tollen Nullen" kurz vor Schulschluß aus der Klasse.

Als Olli den Zug um Nußbaums Mundwinkel sieht, weiß sie gleich: das wird kein Gespräch, sondern ein Verhör.

„Der ahnt etwas von eurem Telefonspaß!" zischt Olaf.

„Quatsch. Der hat bestimmt nichts gemerkt. Olli war perfekt. Einfach großartig."

„Pst. Reden ist Silber, aber ..."

„Schweigen ist Gold!" sagen alle drei gleichzeitig.

Nußbaums Ohren sind noch gut. Er sagt gern von sich, daß er die Flöhe husten hört. Nun, er übertreibt auch manchmal. Aber „Reden ist Silber, Schweigen ist

Gold“ hat er gut verstanden. Dadurch wird sein Verdacht erhärtet. Die drei haben etwas zu verbergen.

Olaf spielt mit einem Aufkleber herum, den er aus einer Illustrierten seines Vaters hat. Darauf steht: *Nichtraucher*. Olaf sucht einen guten Platz für den Aufkleber.

Die „Drei tollen Nullen“ trotten durch den Flur hinter ihrem Direktor her ins Konferenzzimmer. Dort bietet Dr. Nußbaum ihnen drei harte Stühle an. Aber die drei nehmen lieber auf dem bequemen Sofa Platz.

Nußbaum ist zwar sauer über diese Dreistheit, aber es wird den drei Freunden nichts nützen, bequem zu sitzen.

Wartet nur, denkt Nußbaum, gleich werdet ihr schwitzen wie in der Sauna. Dieses Sofa wird eure Anklagebank sein.

Nußbaum will das Verhör als Vorgeschmack auf die Rache genießen. Als ersten kleinen Teil einer großen Abrechnung. Er hat vergessen, daß er den dreien vor gar nicht allzu langer Zeit zu großem Dank verpflichtet war. Kein Gedanke mehr daran, daß sie ihm einst aus der Patsche geholfen haben. Jetzt denkt er nur noch an sein kaputtes Wohnzimmerfenster und den verdorbenen Sonntagmorgen.

Er fischt sein Zigarrenetui aus der Tasche und klappt es auf. Sorgfältig wählt er zwischen vier völlig gleich aussehenden Zigarren die beste aus und zündet sie an.

Das klingt so einfach und banal. Aber es ist ein Ritual. Es dauert gut zwei Minuten. Er reibt sie zwischen den Handflächen nah an seinem Ohr, damit er das Knistern der Blätter hört, dann lutscht er sie naß. Versonnen betrachtet er sie und reißt ein Streichholz an. Feuerzeuge benutzt er nie. Die verderben angeblich den Geschmack.

Olli verzieht den Mund. Sie kann Nußbaums Zigarrenrauch genausowenig ertragen wie Peter Lohmann.

Nußbaum lächelt entspannt, voller Vorfreude auf das Rauchopfer.

Olaf klebt heimlich den Aufkleber an die Wand hinter dem Sofa.

Oskar grinst.

Olli hustet schon mal vorsorglich.

„Rauchen", sagt Olaf, „soll ja so schädlich sein." Dabei sieht er Nußbaum nicht an. Er tut so, als rede er nur mit Oskar.

„Nichtraucher sind erstens geizig und zweitens feige!" tönt Oskar, der eingeschworene Nichtraucher.

Der Satz gefällt Nußbaum. Am liebsten würde er ihn aufschreiben. Genüßlich bläst er den Rauch zur Decke. Gleich wird er Kringel pusten.

„Geizig, weil sie kein Geld für Rauchwaren ausgeben, und feige, weil sie Angst vor Lungenkrebs haben."

Nußbaum nickt wohlgefällig.

„Nur schade", sagt Olaf, „daß Rauchen hier verboten ist."

„Wieso?"

„Na, kannst du nicht lesen?" Er zeigt auf den Aufkleber.

Jetzt sieht Nußbaum ihn auch. Mit seiner glimmenden Zigarre steht er unschlüssig da. Was soll er tun? Ordentlich sein, der Aufforderung Folge leisten oder sich widersetzen? Wohin mit der Zigarre?

Wer hat den Nichtraucherhinweis dort angebracht? Hängt das Ding vielleicht gar auf Beschluß der Lehrerkonferenz da? Dann müßte er allerdings ... Oder hat sich jemand nur einen Scherz erlaubt? Einen Jux nicht von einer ernsthaften Anordnung unterscheiden zu können, macht Nußbaum unruhig. Für ihn muß alles durchschaubar sein. Alles klar gegliedert und in Schubladen geordnet. Schon die Aufschrift soll klar sagen, was darin ist. Spaß. Ernst. Erlaubt. Verboten. Richtig. Falsch. Gut. Böse.

Immer wieder versucht er, in seinem Leben diese Ordnung herbeizuführen. Im Schulalltag schafft er es manchmal. Aber die „Drei tollen Nullen" bringen alles durcheinander. Stand nicht soeben noch auf dem Tisch ein Aschenbecher? Wo ist der jetzt?

Nußbaum mustert Olli. Er weiß, sie kann nicht nur Karten im Ärmel verschwinden lassen. Nicht nur Tücher und Seile in Luft auflösen. O nein! Vor ihr ist kein Gegenstand sicher. Diesen Aschenbecher, denkt Dr. Nußbaum, brauchte sie vermutlich nur schräg anzugucken, um ihn verschwinden zu lassen.

Er spürt einen Anflug von Wut. Er soll hereingelegt werden. Andererseits ..., wenn auf Beschluß der Lehrerkonferenz oder gar der Schulbehörde dieses Zimmer ein Nichtraucherzimmer geworden ist, dann befindet sich logischerweise kein Aschenbecher darin. Wie aber soll er denn dieses Verbot befolgen, wenn er die Zigarrenglut nicht löschen kann?

Vielleicht im Papierkorb?

Nein, besser nicht. Er will ja keinen Schulbrand auslösen.

Etwas in Direktor Nußbaum schrumpft. Für einen

Moment fühlt er sich wieder wie ein kleiner, unsicherer Junge, der Angst hat, etwas falsch zu machen. Peinlich genau schaut er sich nach einer richtigen Lösung um, findet sie aber nicht.

Er befürchtet, daß jetzt ein Kollege hereinkommt und ihn beim Rauchen erwischt. Gerade ihn, der immer so sehr darauf bedacht ist, daß alle Regeln eingehalten werden.

Olli lacht ihn freundlich an. „Ich kenne das, Herr Direktor."

„Häh? Was?"

„Na, wie Sie sich jetzt fühlen."

„Warum ..., wie fühle ich mich denn?"

Olaf nickt, und Oskar hebt zustimmend die Hände. „Es geht uns oft genauso. Kaum macht man mal was falsch, schon ist es verkehrt."

Nußbaum nickt. Zu spät merkt er, daß der Satz zwar wie eine alte Lebensweisheit klingt, in Wirklichkeit aber nur ein Jux ist.

Jetzt ärgert er sich über sein Nicken. Diese Jugendlichen verwirren ihn maßlos. Fast vergißt er, warum er sie hierherzitiert hat.

Nußbaum räuspert sich. Er baut sich stolz vor den dreien auf, stemmt die Fäuste in die Hüften und blufft: „Ich weiß alles. Ihr könnt es also gestehen."

Die „Drei tollen Nullen" brauchen sich nicht einmal anzugucken, um sich zu verständigen. Olli wird für alle antworten. Sie steht schon auf. Mit einem stehenden Gegner will sie nicht im Sitzen streiten.

Unwillkürlich weicht Nußbaum einen Schritt zurück. Vor Leuten, die Steine durch Wohnzimmerfenster werfen, Keller unter Wasser setzen und Autoreifen zerschneiden, muß man sich in acht nehmen, denkt er.

Olli breitet die Arme aus, die Handflächen nach oben. Sie sieht Nußbaum gerade in die Augen. „Sagen Sie doch mal ehrlich: was soll die Aufregung? Wir haben uns am Sonntag einen kleinen Scherz erlaubt. Na und? Das war doch harmlos!"

„Harmlos?" brüllt Nußbaum. „Harmlos!? Kleiner Scherz!? Ich glaub, ich spinne!"

„Selbsteinsicht", sagt Olli, „ist der erste Schritt zur Besserung."

Am liebsten würde Nußbaum ihr eine knallen. Wenn er etwas haßt, dann freche Antworten. „Spar dir deine Unverschämtheiten!" brüllt er sie an.

„Aber Herr Direktor, ich habe Sie doch nur zitiert. Der Satz stammt aus Ihrem eigenen Mund. Erinnern Sie sich, Sie haben ihn zu mir gesagt, als ich ..."

Nußbaum schüttelt unwillig den Kopf. „Mußt du immer das letzte Wort haben?!" faucht er zornig.

„Aber ich konnte doch nicht wissen, daß Sie nichts mehr sagen wollten!" sagt Olli und lächelt Nußbaum dabei unschuldig an.

Dieser knirscht vor Wut mit den Zähnen.

Olaf findet das toll und versucht, ihn nachzuahmen. Aber es ist gar nicht so leicht, mit den Zähnen zu knirschen. Olaf beißt sich dabei versehentlich in die Zungenspitze. Jetzt blutet sie, und weh tut es auch.

Seine Zunge ist zwar einiges gewöhnt. Früher biß er sich oft beim Angeln in die Zunge, wenn er voller Spannung das Untertauchen des Schwimmers beobachtete und das Zuppeln an der Angelschnur spürte. Als er seinen ersten Hecht fing, hätte er sich vor Aufregung fast die Zungenspitze abgebissen.

Drohend hebt Nußbaum die Hand. Nein, er wird Olli nicht schlagen. Er will ihr nur ein bißchen Angst machen.

Sogleich springen Olaf und Oskar ihrer Freundin zur Seite.

Nußbaums Pech, daß Peter Lohmann zur Tür hereinschaut. Die Situation ist für ihn eindeutig. Nußbaum mit erhobener Hand, Olaf einen Blutstropfen am Kinn.

„Aber Herr Kollege!“ empört Lohmann sich. „Ihnen wird doch hoffentlich nicht die Hand ausgerutscht sein?“

Nußbaum schüttelt heftig den Kopf.

Die „Drei tollen Nullen“ nicken.

Nußbaum weiß, Lohmann wird den Nullen mehr glauben als ihm. Mit ein bißchen Pech steht er gleich als Prügelpädagoge da, der seine Schüler mißhandelt.

„Aber ...“, stammelt Nußbaum und fuchtelt mit seiner Zigarre herum, „das ist ... ähm ... ähm ... alles ganz anders, als Sie denken. Ich ... ich ... ähm ... ich ... habe nur ...“

„Ja“, sagt Olli, „vieles sieht auf Anhieb anders aus, als es in Wirklichkeit ist.“

„Wie wahr“, murmelt Nußbaum.

„Davon verstehe ich etwas. Das ist nämlich das Grundprinzip jeder Zauberei!“ lacht Olli.

Lohmann wippt nervös mit dem rechten Fuß. Er wartet immer noch auf eine Erklärung. Wenn ihm etwas verhaßt ist, dann Lehrer, die ihre Schüler schlagen. Auch Schüler, die auf ihre Lehrer losgehen, kann er nicht ausstehen.

„Es ist nämlich so ...", setzt Nußbaum an. Er spürt, wie ihm der Rechtfertigungsschweiß den Rücken runterrinnt. Wie ein großer Schmetterling klebt der Schwitzfleck zwischen seinen Schulterblättern. Er ist total verwirrt und findet nicht die passenden Worte. Sein Kopf ist plötzlich leer wie unbeschriebenes Papier. Er fühlt sich blöd und überrumpelt. „Es ist nämlich so ...", setzt er noch einmal an.

Jetzt tut er Olli leid. Sie hilft ihm. Freundlich beendet sie seinen Satz: „Herr Doktor Nußbaum hat uns gerade in die Eisdiele eingeladen."

Nußbaum stutzt. Was soll das nun wieder?

Lohmann lächelt. „Ach so. Das finde ich aber nett. Da komme ich mit."

Oskar stupst Nußbaum in die Seite. „Was zögern Sie noch?"

„Ja ... ähm ..., ich lade Sie natürlich auch ein, Herr Kollege. Wir nehmen am besten meinen Wagen."

8

In der Eisdiele sitzt Nußbaum brütend am Tisch. Er hat Magenschmerzen und rührt sein Eis gar nicht an. Es wurmt ihn, mit welcher Freude die „Drei tollen Nullen" Eisbecher verputzen – von seinem Geld.

Das kann auch nur mir passieren, denkt er. Eine Standpauke habe ich ihnen halten wollen, die sie nicht so leicht vergessen. Und nun sitze ich hier und halte sie frei. Ich habe wirklich den falschen Beruf. „Als Lehrer bin ich einfach ein Versager", sagt er halb-

BILDERBÜCHER

Franz Hübner/Mario Kessler
Faxenmaxe
Der Hase Max ist immer gut gelaunt und vertreibt mit seinen Späßen die Sorgen der Tiere. Best.-Nr. 4545 16,80/ÖS 129,–

Burckhard Garbe/Rolf Rettich
Im Kaufhaus Kaufrausch
Viel zu sehen und zu staunen gibt es im Kaufhaus Kaufrausch. Best.-Nr. 4544 16,80/ÖS 129,–

BENJAMIN

Großdruck

Renate Axt
Gute Besserung!
Pia muß ins Krankenhaus und hat Angst davor. Doch alles wird nur halb so schlimm wie befürchtet. Best.-Nr. 4549 9,80/ÖS 79,–

Dimiter Inkiow
Meine Schwester Klara und der lustige Popo
Auch in diesem 18ten Band bringt Klara wieder alle zum Lachen.
Best.-Nr. 4546 9,80/ÖS 79,–

Dimiter Inkiow
Das sprechende Auto
Herr Kluge ist Erfinder. Hier wird seine neueste Erfindung vorgestellt.
Best.-Nr. 4518 9,80/ÖS 79,–

Nan Inger Östmann
Nina und die Hundebabys
Mit den acht kleinen Hundebabys ändert sich Ninas Leben. Best.-Nr. 4250 9,80/ÖS 79,–

Alfons Schweiggert
Mini, die kleinste Katze der Welt
Sehr viel Liebe und Zuwendung braucht das kleine Kätzchen Mini.
Best.-Nr. 4548 9,80/ÖS 79,–

Kerstin Sundh
Verrückte Ferien mit Milli und Molli
verbringt Kai auf dem Kinderhof. Anfängliches Heimweh verliert sich schnell.
Best.-Nr. 4198 9,80/ÖS 79,–

Klaus-Peter Wolf
Stop! Wir haben Vorfahrt!
Jans sehnlichster Wunsch ist es, einmal Schülerlotse zu werden ...
Best.-Nr. 4550 9,80/ÖS 79,–

Schreibschrift

Ingeborg Feustel/Charlotte Panowsky
Geburtstag im Apfelbaum
Mit enem ganz besonderen Kunststück überrascht das Hexlein Josi seine Geburtstagsgäste. Best.-Nr. 4553 8,95/ÖS 69,–

Gisela Henkel
Lisa bekommt ein Geschwisterchen
Lisa freut sich riesig, denn sie bekommt ein Geschwisterchen.
Best.-Nr. 4551 9,80/ÖS 79,–

Jo Martin
Wer hat den Mond gemopst?
Die Tiere im Wald wundern sich, denn der Mond ist nur noch eine Sichel.
Best.-Nr. 4552 9,80/ÖS 79,–

BILDERBÜCHER

Cartwright Bilderbücher
• Das Ferkel ist weg Best.-Nr. 4639
• Die tüchtige Vogelscheuche Best.-Nr. 4640
Die Bilderbücher dieser Reihe schildern amüsante und witzige Erlebnisse und Situationen im Zusammenleben von Menschen und Tieren auf dem Land. Je 9,80/ÖS 79,–

Richard Scarry
Hoppla! Hier kommt Herr Tolpatsch!
Herr Tolpatsch sorgt stets für Aufregung und Durcheinander.
Best.-Nr. 4630 19,80/ÖS 149,–

BILDVORLESEBÜCHER

ERZÄHLER BIBLIOTHEK

Bekannte Autoren erzählen klassische Geschichten – spannend, witzig und lehrreich
Max Kruse **Wie die Schuhe fliegen lernten und andere Schelmengeschichten** Best.-Nr. 4645
Ursel Scheffler **Wie David den Goliath besiegte und andere biblische Geschichten** Best.-Nr. 4646
Je 24,80/ÖS 199,–

Sheringham/Stimson
5-Minuten-Geschichten zum Vorlesen
Über 100 schöne Geschichten und keine dauert länger als 5 Minuten.
Best.-Nr. 4600 15,–/ÖS 119,–

Dalmais/Smith
Willkommen bei Familie Bär
Bobo, ein kleiner aufgeweckter Teddybär stellt seine Familie vor. Best.-Nr. 4558 15,–/ÖS 119,–

DAS KLEINE SCHNEIDERBUCH

Andreas Hantke
Neue Kinderlieder
Best.-Nr. 4629 3,95/ÖS 29,–

Magarethe Kaspar
Abzählreime
Neue und alte, bekannte und unbekannte Abzählreime sind hier gesammelt.
Best.-Nr. 4628 3,95/ÖS 29,–

TIERBÜCHER

Hans G. Franciskowsky
Auf den Spuren bedrohter Tiere
Im Reich der Robben, Bd. 1 Best.-Nr. 4463
Achtung Eierdiebe!, Bd. 2 Best.-Nr. 4475
Der Tierschutz ist Thema dieser neuen spannend geschriebenen Serie. Je 9,80/ÖS 79,–

Andrea Pabel
Mira und der blaue Delphin
Eine zauberhafte Geschichte über Miras Begegnung mit dem sagenhaften blauen Delphin. Best.-Nr. 4485 8,95/ÖS 69,–

Virginia Vail
Sternchen darf nicht sterben
Tierarzt-Praxis Birkenallee 7, Bd. 11
Wieder einmal gibt es viel Wirbel in der bekannten Tierarztpraxis. Best.-Nr. 4659 9,80/ÖS 79,–

Sharon M. Hart
Glorias Rennen
Ein Paradies für Tiere, Bd. 4
Werden Sarah und ihre Stute Gloria das Rennen trotz der unvorhergesehenen Zwischenfälle gewinnen? Best.-Nr. 4380 9,80/ÖS 79,–

MÄDCHEN

Kerstin Sundh
Das Geheimnis der Perlenkette
Miranda, Bd. 1
Miranda nimmt eine wertvolle Perlenkette an sich. Ein unruhiges Versteckspiel beginnt ...
Best.-Nr. 4415 12,80/ÖS 99,–

Kerstin Sundh
Ein ganz besonderes Geschenk
Miranda, Bd. 2
Oft wünscht sich Miranda, in einem der Häuser der Stadt zu wohnen. Dabei kann es bei ihr zu Hause sehr schön sein. Best.-Nr. 4412 12,80/ÖS 99,–

Gabriele Kuhnke
Bei uns in Sommerland
Iris hat's gut auf dem herrlichen Hof in Sommerland. Best. -Nr. 4648 9,80/ÖS 79,–

Birgitte Blobel
Sturm im Schmetterlingsland
Die Power-Girls, Bd. 4
Victor und Lola geraten in den Sturm ihres Lebens, der ihnen einiges an Standfestigkeit abverlangt. Best.-Nr. 4647 10,80/ÖS 85,–

Peter Kuntze
Im Zelt auf dem Hubertushof
Das Trio mit Pfiff, Bd. 5
Abenteuerliche Erlebnisse auf dem Hubertushof halten das Flöten-Trio pausenlos in Atem.
Best.-Nr. 4543 9,80/ÖS 79,–

Evelyne Kolnberger
Die Mädchen von Timonera
Überraschungen auf Mallorca für die ganze Familie ... Best.-Nr. 4581 9,80/ÖS 79,–

Irma Krauß
Katharina, 15 Jahre
Sorge und Nöte eines 15jährigen Teenagers.
Best.-Nr. 4601 10,80/ÖS 85,–

Sue Welford
Hunger nach Leben
Jasons Schwester leidet an Magersucht.
Er unternimmt alles, um ihr zu helfen.
Best.-Nr. 4680 10,80/ÖS 85,–

Barbara Wersba
Ich bin einfach ich!
Hannas Eltern wollen etwas ganz Besonderes aus ihrer Tochter machen. Doch Hanna geht ihren eigenen Weg.
Best.-Nr. 4650 10,80/ÖS 85,–

PFERDEBÜCHER

Ursula Isbel
Wechselnde Pfade
Pferdeheimat im Hochland, Bd. 4
Was ist mit Lauris Pferd Dandy geschehen?
Best.-Nr. 4371 10,80/ÖS 85,–

Ann Sheldon
Der Ritt zum Canyon
Lisa und die Ranch der Pferde, Bd. 4
Abenteuerlicher Wanderritt zum geheimnisumwitterten Gold Canyon.
Best.-Nr. 4488 9,80/ÖS 79,–

Carol Fenner
Der Sommer der Pferde
Faith freut sich auf die Ferien auf dem Pferdehof. Best.-Nr. 4529 10,80/ÖS 85,–

Sabine Jörg
Mein Pony bleibt bei mir
Als der Ponyhof in Gefahr gerät, setzen sich Sonja und das Mädchen für dessen Erhaltung ein. Best.-Nr. 4398 9,80/ÖS 79,–

Helga Wegener-Olbricht (Hrsg.)
Mein Pferd läuft mit dem Wind
Heitere und ernste Geschichten, in denen das Pferd der beste Freund des Menschen ist. Best.-Nr. 4621 12,80/ÖS 99,–

Hans G. Franciskowsky
Der Ritt am Meer, Wendy, Bd. 4
Wendy und ihre Freunde finden ein entkräftetes Pferd. Bald sind die Freunde einem Geheimnis auf der Spur... Best.-Nr. 4596 10,80/ÖS 85,–

Hans G. Franciskowsky
Zuflucht auf Lindenhöhe
Wendy, Bd. 5
Viel Wirbel um Mia und das Reitpony Caramel. Best.-Nr. 4620 10,80/ÖS 85,–

Uta Over
Zuerst kommen die Pferde
Der Schwalbenhof, Bd. 2
Die Zwillinge Ina und Tanja sind sprachlos, als eines Tages ein hübsches, braunes Lama im Pferdestall steht. Best.-Nr. 4567 9,80/ÖS 79,–

Gunilla Wolde
Reiten mit Putte
Kias sehnlichster Wunsch geht in Erfüllung: Der Wallach Putte wird ihr Pflegepferd. Best.-Nr. 4386 10,80/ÖS 85,–

Walter Farley
Blitz, der schwarze Hengst, Bd. 1
Alec wird bei einem Schiffbruch von dem Hengst Blitz gerettet. Ein großes Abenteuer beginnt ... Best.-Nr. 4663 12,80/ÖS 99,–

Walter Farley
Blitz kehrt heim, Bd. 2
Alec versucht alles, um Blitz zurückzugewinnen. Best.-Nr. 4664 12,80/ÖS 99,–

ABENTEUER

Peter Kuntze
Dicke Luft im Klassenzimmer
Die verflixte 7b, Bd. 1
Frech, witzig und zu allen Schandtaten bereit – das ist der Ruf der 7b. Best.-Nr. 4597 9,80/ÖS 79,–

Peter Kuntze
Die unheimliche Bio-Stunde
Die verflixte 7b, Bd. 2
Beim Anlegen eines Biogartens stoßen die Schüler auf ein aufsehenerregenes Hindernis. Best.-Nr. 4598 9,80/ÖS 79,–

Paul und Emma Rogers
Das tollste Fahrrad der Welt
Aufregende Abenteuer um ein altes, verrostetes Fahrrad. Best.-Nr. 4653 8,95/ÖS 69,–

Manfred Böckl
Im Höllbach ist die Hölle los oder Das Geheimnis der Burgruine
Pizza-Bande, Bd. 23
Eine heiße Spur wird verfolgt, die in einem waghalsigen Höllenabenteuer endet.
Best.-Nr. 4652 9,80/ÖS 79,–

Hans G. Franciskowsky
Verschwörung gegen Dennis
Der Junge vom Lotsenturm, Bd. 5
Dennis ist in einer fürchterlichen Klemme. Er soll ins Heim zurück.
Best.-Nr. 4562 9,80/ÖS 79,–

Klaus-Peter Wolf
Der Teufelsflitzer
Drei tolle Nullen, Bd. 7
Ollis Opa fährt ein Super-Auto, welches bei einem Speedway-Rennen die Zuschauer in Atem hält.
Best.-Nr. 4654 9,80/ÖS 79,–

A. M. Reinhard
Willi im Pech
Scherlock Schmidt & Co., Bd. 6
Klarer Fall von Unfallflucht. Die Spur führt auf den Schrottplatz. Best.-Nr. 4631 8,95/ÖS 69,–

Peter Weissflog
Wolly braucht Geld
Wolly Cosmopolly, Bd. 3
So hat sich Wolly sein Leben in Deutschland nicht vorgestellt. Er will frei sein.
Best.-Nr. 4563 9,80/ÖS 79,–

Peter Weissflog
Wolly bändigt den Löwen
Wolly Cosmopolly, Bd. 4
Wolly findet Unterschlupf bei einem Wanderzirkus.
Best.-Nr. 4564 9,80/ÖS 79,–

Manfred Böckl
Der Rappe mit der Elchschaufel
Isa und Gert haben im Krieg ihr Land verloren. Doch in ihren Pferden wird Trakehnen weiterleben.
Best.-Nr. 4471 19,80/ÖS 149,–

Lars Hesslind
Und sie geben nicht auf
Die 13jährige Jennifer Chin wird Zeugin eines dramatischen Kampfes um das Überleben der Nordsee. Best.-Nr. 4411 19,80/ÖS 149,–

Alfons Schweiggert
Typisch Lehrer – Handbuch für Schul-Nervensägen
Witze, Cartoons, freche Sprüche und eine Menge Gehässigkeiten über Pauker und Penner.
Best.-Nr. 4568 9,80/ÖS 79,–

Gerhard Buchner
Kinderliederschatz
150 besonders beliebte Volkslieder zum Singen und Spielen mit Kindern.
Best.-Nr. 4723 9,80/ÖS 79,–

Marek Mann
Mein Poesiealbum
Best.-Nr. 4565 9,80/ÖS 79,–

ABENTEUER

ROMANE

KNAUTSCHBÜCHER

GESCHENKBÜCHER

KALENDER

Sybille Schneider
Pferdekalender 1993
Best.-Nr. 4625 9,80/ÖS 79,–

Heintschel & Co.
Schülerkalender 1993
Bewährt und begehrt – der neue Schneider-Schülerkalender, ein unentbehrlicher Begleiter. Best.-Nr. 4561 9,80/ÖS 79,–

Reinhold Reitberger
Rätsel- und Spaßkalender 1993
Fröhlich durch das Jahr, Gags und Tips für die kostbaren freien Stunden.
Best.-Nr. 4626 9,80/ÖS 79,–

Renate Navé (Hrsg.)
Mädchenkalender 1993
Best.-Nr. 4560 9 80/ÖS 79,–

Uta Over
Wendy-Kalender 1993
Best.-Nr. 4687 9,80/ÖS 79,–

Ulrich Vogel
Simpson-Kalender 1993
Best.-Nr. 4688 9,80/ÖS79,–

Walt Disney
Donald Duck-Kalender 1993
Der beliebte Kalenderspaß aus Entenhausen.
Best.-Nr. 4576 9,80/ÖS 79,–

SACHBÜCHER

Mary-Jane Wilkins
Licht, Luft und Wasser
Wissenswertes über die Elemente Licht, Luft und Wasser. Best.-Nr. 4533 16,80/ÖS 129,–

Michael Chinery
Tiere im Regenwald
Viel Erstaunliches über die Bewohner des Regenwaldes. Best.-Nr. 4635 16,80/ÖS 129,–

John Sidworthy
Aus unserer Pflanzenwelt
Wissenswertes über die Pflanzenwelt.
Best.-Nr. 4627 16,80/ÖS 129,–

Michael Chinery
Tiere der großen Meere
Viel Erstaunliches über die vielfältigen Meeresbewohner. Best.-Nr. 4636 16,80/ÖS 129,–

Rachel Wright
Piraten
Die spannende Geschichte der Piraten.
Best.-Nr. 4637 14,80/ÖS 119,–

Ruth Tomson
Indianer
Wie lebten die Prärie-Indianer? Best.-Nr. 4638 14,80/ÖS 119,–

Fred Pearce/Jan Winton
Die Erde soll weiterleben!
Was wir dafür tun können. Das Buch gibt Tips und Ratschläge.
Best.-Nr. 4599 19,80/ÖS 149,–

MINI-GESCHENK-BÜCHER

Mini Bücher
Zauberhafte kleine Bücher mit hübschen Illustrationen.

Insekten, Best.-Nr. 4579	**Wetter**, Best.-Nr. 4580
Fische, Best.-Nr. 4582	**Samen**, Best.-Nr. 4583
Vögel, Best.-Nr. 4584	**Blumen**, Best.-Nr. 4585
Blätter, Best.-Nr. 4586	**Wohnungen**, Best.-Nr. 4587
Tiere, Best.-Nr. 4588	**Farben**, Best.-Nr. 4589
Formen, Best.-Nr. 4590	**Zahlen**, Best.-Nr. 4591

Je Band 4,80/ÖS 39,–

GESCHENKBÜCHER

Erhard Dietl
Der Witzexpreß
Hunderte von Witzen stellen die Lachmuskeln auf eine harte Probe. Best.-Nr. 4624 12,–/ÖS 95,–

Lise Gast
Pferdeglück
Zwei wunderschöne Pferderomane.
Best.-Nr. 4622 12,–/ÖS 95,–

Marie-Louise Fischer
Ulrike im Internat
Drei pfiffige Internatsgeschichten.
Best.-Nr. 4623 12,–/ÖS 95,–

TASCHENBÜCHER

Berte Bratt
Umwege zum Glück
Glück und Leid der ersten Liebe.
Best.-Nr. 4657 10,–/ÖS 79,–

Matthias Martin
Gejagt unter glühender Sonne
Abenteuer ohne Pause. Best.-Nr. 4719 10,–/ÖS 79,–

Caspari/Kolnberger/Pabel
Pferde im Frühling
Drei unvergeßlich schöne Pferdegeschichten.
Best.-Nr. 4682 10,–/ÖS 79,–

Fischer/Pfeiffer/Brückner
Träume einer Schülerin
Drei ungekürzte Titel zum Thema Schule.
Best.-Nr. 4658 10,–/ÖS 79,–

Almqvist/Gustavson
Mein Pony gibt's nur einmal
Pferde über alles. Best.-Nr. 4681 10,–/ÖS 79,–

JANUAR AKTION

Edda Bars/Evelyne Kolnberger
Zum Verwechseln ähnlich
Lustige Zwillingsgeschichten.
Best.-Nr. 4655 12,–/ÖS 95,–

Rainer M. Schröder
Schnüffelnasen auf der Lauer
Drei heiße Fälle für Kommissar Klicker
Spaß und Spannung für alle Spürnasen.
Best.-Nr. 4672 12,–/ÖS 95,–

Andrea Pabel
Die große Herde
Das Wildpferd aus den roten Bergen, Bd. 1 – 3
Alles über die wilden Pferde der sagenhaften roten Berge. Best.-Nr. 4476 12,–/ÖS 95,–

Wenn das Herz erwacht
Bekannte Autoren erzählen von Freundschaft und Liebe, vom Ende der Einsamkeit und vom Augenblick des Glücks.
Best.-Nr. 4656 19,80/ÖS 149,–

Stefan Wolf
- **Terror! Gold! Duell!**
  Drei spannende Einzelbände
  Best.-Nr. 4674 12,–/ÖS 95,–
- **Gift! Alarm! Wilddiebe!**
  Best.-Nr. 4676 12,–/ÖS 95,–
- **Gespenst! Vampir! Rauschgift!**
  Best.-Nr. 4675 12,–/ÖS 95,–

Spannende Fälle für die vier Spürnasen vom TKKG.
Je 12,–/ÖS 95,–

laut in Gedanken versunken.

„Stimmt!“ bestätigt Oskar. „Aber machen Sie sich nichts draus. Man kann nicht alles können. Ich zum Beispiel kann heute die Mathe-Hausaufgaben nicht machen. Ich habe nämlich was anderes vor.“

Oskars frecher Einwurf holt Nußbaum aus seinen Gedanken. Jetzt möchte er die Maraschino-Kirsche von seiner Sahne fischen. Aber sie ist nicht mehr da. „Wer war das?“ fragt er sauer. „Wer hat meine Kirsche aufgegessen?“

Empört springt Olli auf und brüllt durch die Eisdiele: „Halt! Niemand verläßt den Saal! Jemand hat die Kirsche von Herrn Doktor Nußbaums Sahne gestohlen!“

„Haltet den Dieb!“ ruft Oskar.

„Hilfe! Polizei!“

„Pst! Seid ruhig! Nun macht doch nicht so einen Lärm!“

„Aber Herr Direktor! Man hat Ihre Kirsche gestohlen! Das dürfen Sie sich nicht gefallen lassen!“ feuert Olli ihn an.

„Aber das ist doch nichts Schlimmes. Alles halb so wild!“ beruhigte Nußbaum die „Drei tollen Nullen“. Er will nicht solches Aufsehen erregen in der Öffentlichkeit. Es ist ihm peinlich.

Stumm aber fasziniert beobachtet Lohmann seine Lieblingsschüler. Von denen kann ich in puncto Frechheit noch eine Menge lernen, denkt er. Die lassen sich nicht einfach einmachen. Die spielen ihr eigenes Spiel, nach ihren Regeln. Inzwischen hält er es für ganz ausgeschlossen, daß die „Drei tollen Nullen“ seine Autoreifen zerstochen haben.

3 4703-8

Olli beschwichtigt laut die Gäste in der Eisdiele. „Alles in Ordnung. Egal, wer es war, er kann die Kirsche behalten. Nicht wahr, Herr Doktor Nußbaum?"

Nußbaum bestätigt es durch Kopfnicken.

„Na", sagt Olaf erleichtert, „dann kann ich es ja zugeben. Ich war's."

Nußbaum stöhnt genervt.

Lohmann schmunzelt.

Nußbaum geht vor zur Kellnerin.

Während er zahlt, sausen drei Löffel gleichzeitig in seinen Kirschbecher. Aber das ist ihm jetzt egal. Er hat sowieso keinen Appetit mehr, denn wenn er sich aufregt, wird sein Magen sauer und nichts schmeckt ihm mehr.

„Ihr gebt mir also euer Ehrenwort, daß ihr es nicht wart?" fragt Peter Lohmann noch einmal und sieht in die Runde.

Olaf stöhnt. „Aber ich dachte, damit wären wir durch. Wie oft sollen wir es noch sagen? Wir schlitzen keine Autoreifen auf. Warum auch? Worin soll der Witz liegen?"

„Aber Nußbaum sagte doch, ihr hättet es schon so gut wie gestanden, kurz bevor ich hereinkam."

„Das war etwas anderes."

„Etwas anderes?"

„Ja. Wir sind gerade dabei, Nußbaum einen Streich zu spielen. Wir dachten, er wäre uns draufgekommen. Ist er aber nicht."

Lohmann grinst. „Ihr meint, jetzt im Moment seid ihr dabei, ihm einen Streich zu spielen?"

„Ja. Aber psst. Nichts verpetzen! So ein richtiger Streich braucht 'ne Menge Vorbereitung, Planung und Phantasie."

Olli nickt. „Fenster einschlagen kann jeder Idiot. Wir hingegen ..." Sie verstummt.

Nußbaum ist mit dem Bezahlen fertig.

Gemeinsam verlassen sie die Eisdiele und gehen in die Seitenstraße, in der Nußbaum seinen Wagen geparkt hat.

Irgend jemand fand es witzig, einen Eimer hellblauer Farbe über das graue Ding zu schütten.

Nußbaum ballt vor Wut die Fäuste.

Im ersten Moment denkt Lohmann, das sei nun der Streich, von dem die „Drei tollen Nullen" eben gesprochen haben. Aber sie können es nicht gewesen sein. Immerhin saßen sie die ganze Zeit über in der Eisdiele.

„Außerdem", sagt Olli, „hätten wir statt Hellblau Lila genommen und statt Lackfarbe eine umweltfreundliche, abwaschbare Wasserfarbe."

„Sei ruhig, Mensch. Nußbaum explodiert gleich."

Da entdeckt Olaf etwas hinter dem Scheibenwischer: eine schwarze Papierrose, wie man sie in künstlichen Blumengestecken verwendet. Das Papierding hat jemand absichtlich zurückgelassen, denkt er. Es hängt hinter dem Scheibenwischer wie ein Strafzettel oder eine Visitenkarte. Da will jemand auf sich aufmerksam machen.

„Mit so einem Auto", jammert Nußbaum, „kann ich doch nicht beim Bundeskanzler vorfahren. Was soll der denn von mir denken ...?"

9

Müde und ein wenig nachdenklich radeln Olaf und Oskar an diesem Tag nach Hause. Als sie in die Münzenbergstraße einbiegen, ahnen sie noch nichts Schlimmes. Olaf fährt in Oskars Fahrtwind. Er schaltet in den dritten Gang und tritt einmal kräftig durch. Schon sind die beiden auf gleicher Höhe. Sonst fahren sie nie nebeneinander, sondern nur hintereinander. Auf verkehrsreichen Straßen ist das nämlich zu gefährlich. Aber durch die Münzenbergstraße fahren am Tag keine zwanzig Wagen. Hier können sie so etwas schon mal riskieren.

„Ich muß die ganze Zeit darüber nachdenken, Oskar."

„Ich auch."

„Da stellt irgend jemand großen Unfug an, und gleich verdächtigt man uns."

„Nußbaum hat uns verdächtigt."

„Hm. Fahr nicht so schnell. Stell dir mal vor, wir hätten nicht zufällig mit Lohmann und Nußbaum in der Eisdiele gesessen ... Die würden uns jetzt ganz schön Schwierigkeiten machen."

„Stimmt. Da haben wir noch einmal Glück ge..."

Beide steigen von den Rädern ab und glotzen zum Haus Nummer 5.

Olaf läßt den Lenker los, sein Rad knallt zu Boden. Olaf achtet gar nicht darauf. Gebannt klebt sein Blick am Garagentor.

Irgend jemand hat quer darüber eine riesige schwarze Rose gemalt.

Ein kleiner kalter Fisch schwimmt plötzlich durch Olafs Adern und droht sie zu sprengen. Olaf wird blaß. Seine Lippen werden schmal. Sein Atem hört sich an wie ein kaputter Auspuff. „Meine Fische ...", haucht er.

Dann rennt er los.

Hinter dem Garagentor befindet sich Olafs Fischzucht. In derzeit vierzehn großen Aquarien mit insgesamt dreitausend Litern Wasserinhalt hält Olaf Piranhas, seine berühmten Pracht-Guppys mit leuchtendroten Neonschwänzen, seine Diskus-Buntbarsche, Harnischwelse und Schwertträger in mehr als zwölf verschiedenen Farbschattierungen.

Fast zweihundert neue Schwertträger sind in den letzten Tagen geboren worden. Die kleinen Fischchen sind noch nicht größer als Reiskörner. Sehr dünne Reiskörner mit großen Augen und einem gefräßigen Maul.

Olaf hat Angst. Angst um seine Fische. Deshalb rennt er, ohne auf sein Rad zu achten, quer über die Straße. Er überspringt den Zaun, trampelt durch Mutters Blumenbeet und kommt mit rasendem Herzen an. Er ist keine hundert Meter gespurtet, aber er kriegt kaum noch Luft.

Er reißt das Tor hoch. Für einen Moment gelingt es ihm nur mit großer Willenskraft, die Augen offenzuhalten. Am liebsten würde er sie zukneifen, um nichts sehen zu müssen.

Oskar schiebt beide Fahrräder heran. Hinter ihm hupt jemand, weil er nicht an Oskar vorbeikommt.

„O nein!“ kreischt Olaf. „Nein!“

Jetzt läßt auch Oskar die Räder fallen. Er rennt zu seinem Freund.

Der Autofahrer ist gezwungen anzuhalten. Kopfschüttelnd räumt er die Räder von der Fahrbahn. Er murmelt etwas von der „... Jugend heutzutage, wir damals hätten uns nie so ...“

Aber niemand beachtet ihn.

Er fährt dann am Haus Nummer 5 vorbei, kann aber nichts Auffälliges bemerken.

Im großen Schwertträgerbecken jedoch blubbert blaues Wasser. Nach dem ersten Schrecken versucht Olaf sofort festzustellen, was das Wasser blau gefärbt hat. Er gibt kurze, präzise Anweisungen, die Oskar kommentarlos ausführt. „Schnell! Wir brauchen sofort eine chemische Wasseranalyse. pH-Wert. Nitritgehalt. Karbonathärte. Gesamthärte.“

Sie nehmen Wasserproben, und Olaf träufelt sieben Tropfen aus einem Fläschchen in jedes Reagenzglas. Dann schüttelt er das Wasser durch. Es färbt sich sofort hellgelb.

„Der Nitritgehalt ist okay“, stellt Olaf erleichtert fest. „Vergiftet ist das Wasser nicht.“

Während Olaf nun den Säuregehalt des Wassers prüft, findet Oskar auf dem Boden vor dem Schwertfischbecken ein paar leere Füllerpatronen.

Er hebt sie auf. „Du kannst die Testreihe abbrechen. Ich habe die Ursache gefunden.“

Olaf sieht gar nicht von den Reagenzgläsern auf. „Wie denn? Nur eine genaue Analyse kann uns ...“

Oskar unterbricht ihn. „Quatsch nicht so einen wissenschaftlichen Unfug. Es ist nur Tinte im Aquarium.

Ganz einfach Tinte.“ Er hält Olaf die Patronen unter die Nase. „Die Fische werden es wohl überstehen. Meine Filteranlage schafft das spielend. Sie wälzt das Wasser alle sechs Stunden komplett um. Aber laß uns trotzdem zur Vorsicht eine Frischwasserzufuhr machen. Sagen wir, dreißig Prozent Wasser tauschen wir in jedem Becken aus. Los, ran an die Arbeit!“

Oskar holt die leeren Eimer aus der Ecke. Dreißig Prozent Wasserwechsel, denkt er, das sind gut tausend Liter Wasser insgesamt. In einen Eimer passen zehn Liter. Oje, das macht hundert Eimer Wasser. Wahrscheinlich soll ich alles schleppen, während der Herr sich Sorgen macht und seine Reagenzgläschen schüttelt.

Statt dessen sagt er: „Tausend Liter Wasser sind ganz schön teuer. Was werden deine Eltern dazu sagen? Also meine würden ...“

Olaf winkt ab. „Was ist schon Geld? Bedrucktes Papier. Mehr nicht. Im Grunde wertlos. Wasser dagegen ...“ Er nimmt einen daumendicken Schlauch und wirft das eine Ende davon in das Schwertfischbecken. Am anderen Ende saugt er wie an einem Strohhalm. Dann hält er es über einen Eimer.

Oskar bestaunt dieses Kunststück.

„Tja“, sagt Olaf, „Ansaugen muß gelernt sein. Versuch es. Es gibt noch viel zu tun. Aber paß auf, daß kein kleines Fischchen durch den Schlauch rutscht.“

„Keine Sorge.“

Beim ersten Ansaugen nimmt Oskar den Schlauch zu spät aus dem Mund. Er schluckt einen Viertelliter Süßwasser. 24 Grad warm. Nitritgehalt 0,1 Milligramm pro Liter. pH-Wert knapp 6. Für Amazonasfische nahezu ideal. Aber es schmeckt trotzdem nicht gerade nach Limonade.

Drei Stunden und tausend Liter Wasser später sind die beiden Freunde pitschnaß und völlig erschöpft.

Den Fischen geht es gut.

Oskar hat einen Geschmack im Mund, als ob er faulen Fisch gegessen hätte. Er braucht jetzt dringend etwas Herzhaftes. Eine Currywurst zum Beispiel oder eine Tüte Lakritz, Gummibärchen. Bratkartoffeln oder wenigstens eine Pizza mit Thunfisch, Peperoni, Zwiebeln, Knoblauch und doppelt Käse drauf.

Aber Olaf bietet ihm nur ein Pfefferminzkaugummi an und sagt: „Ich fürchte, wir sitzen ganz schön in der Tinte. Irgend jemand hat sich vorgenommen, uns das Leben schwerzumachen."

„Stimmt", nickt Oskar und wringt aus seinem Hemdsärmel blaugefärbtes Wasser. „Und es scheint ihm zu gelingen."

10

„Den Wagen", sagt der Werkstattbesitzer kopfschüttelnd, „den Wagen müssen wir komplett neu spritzen. Alles andere hat gar keinen Sinn."

„Und wie lange dauert das?"

Komisch, denkt der Werkstattbesitzer, seit fast fünfzehn Jahren ist dieser Nußbaum bei uns Stammkunde. Vor jeder Reparatur fragt er: „Und wie teuer wird das?" Wehe, wenn er hinterher auch nur zwanzig Pfennig mehr bezahlen muß. Dann macht er jedesmal ein Theater, als ob ich ihn mit meiner Rechnung ins Elend stürzen würde. Warum fragt der alte Geizkragen jetzt nicht nach dem Preis, sondern will nur wissen, wie lange es dauert?

Nußbaum deutet den fragenden Blick des Werkstattbesitzers richtig. Also fügt er erklärend hinzu: „Der Herr Bundeskanzler und ich, wir geben ein Fest. Ich kann da unmöglich mit so einem bekleckerten Auto vorfahren."

Spinner, denkt der Werkstattbesitzer. Jetzt ist er endgültig durchgeknallt. Kein Wunder bei der heutigen Jugend! Er ist nicht der erste Lehrer der den Verstand verliert.

Er nickt und sagt: „Ja, ja, Herr Doktor Nußbaum. Wenn das so ist, dann werden wir uns beeilen. Ende der Woche können Sie den Wagen zurückhaben. Das Ganze macht dann siebenhundertfünfzig Mark. Weil Sie Stammkunde sind."

„Gut. Spritzen Sie den Wagen in einer dunklen, gedeckten Farbe. Meinetwegen Schwarz. Hauptsache, man sieht die Kleckse nicht mehr." Damit verabschiedet er sich.

Stunden später, kurz bevor die Werkstatt schließt, ruft jemand in Nußbaums Auftrag an und bittet, den Wagen doch lieber in Schweinchenrosa zu spritzen.

Der Werkstattlehrling, Karl Kröterich, nimmt den Anruf entgegen. Er findet die Sache „Vollgeil, äi!" Solch ausgeflippte Ideen hätte er „dem alten Knacker gar nicht zugetraut".

Folglich wundert er sich auch nicht mehr, als er gebeten wird, hinten auf den Kofferraum eine dezente schwarze Rose zu sprühen.

„Das ist das Familienwappen der Nußbaums", erklärt der Anrufer sachlich.

„Schwarze Rose ... hm ..." Der Lehrling kratzt sich die juckende Kopfhaut. „Schwarze Rose. Das wird nicht einfach sein. Wir haben Schablonen für Totenköpfe, Häschen, Herzen, Fallschirmspringer, Skifahrer, gekreuzte Klingen. Aber Rosen haben wir nicht. Muß es eine Rose sein? Ein Kleeblatt hätte ich noch anzubieten."

„Nein! Kein Kleeblatt! Eine Rose. Eine schwarze Rose!" keift der Kunde ins Telefon.

„Schon gut, schon gut", gibt der Lehrling nach. „Das läßt sich machen. Ich könnte extra für Sie eine Schablone anfertigen."

„Prima. Tun Sie das. Geben Sie sich Mühe. Für Ihre Umstände gebe ich Ihnen zwanzig Mark Trinkgeld extra."

Freudig geht der Lehrling an die Arbeit.

11

„Der Bundeskanzler und ich sind in dieser Frage völlig einer Meinung ..." Doktor Nußbaum doziert seit gut einer Stunde über Steuerpolitik, als ihn endlich das Telefon unterbricht.

Bronko, sein dicker Pudel, und Agathe, seine Frau, sind über der langweiligen Rede längst eingenickt. Das Klingeln des Telefons weckt sie. Schuldbewußt nickt Agathe, tut so, als hätte sie die ganze Zeit zugehört und säuselt: „Genau, mein Schatz. Ich bin ganz deiner

Meinung. Der Herr Bundeskanzler und du, ihr habt ja immer recht. Nur leider hört niemand auf euch."

„Das wird sich bald ändern", verspricht Dr. Nußbaum und geht majestätisch ans Telefon. „Ja, hier Bundeskanzler Nußbaum ..., äh ..., Doktor Nußbaum, wollte ich sagen."

„Hallo, Herr Doktor Nußbaum. Sind Sie es persönlich?"

„Ja natürlich."

„Schönen guten Abend. Hier spricht Frau Doktor Benzinger vom Bundeskanzleramt. Erinnern Sie sich?"

„Selbstverständlich erinnere ich mich."

Nußbaum stellt sich militärisch genau am Telefon auf. Bauch rein, Brust raus.

„Es geht um das Fest ..."

Nußbaums Blutdruck schießt hoch. Eine große Enttäuschung bahnt sich an. Er spürt es. Seine Schläfen hämmern. Ein Schwindelgefühl befällt ihn. Ein Schweißausbruch steht bevor. So kündigen sich Niederlagen an, die der Körper schon erahnt, bevor die Ohren sie hören oder die Augen sie sehen. Sie werden mich wieder ausladen, denkt er. Oder das Fest findet nicht statt. Meine Begegnung mit dem Bundeskanzler, der triumphale Tag meines Lebens, fällt ins Wasser.

Freundlich flötet Frau Doktor Benzinger ins Telefon: „Kann ich offen mit Ihnen reden, Herr Doktor Nußbaum?"

„Aber selbstverständlich."

„Ich zähle auf Ihre Verschwiegenheit."

„Sie können sich auf mich verlassen."

„Nun, es ist nämlich so. Der Herr Bundeskanzler – er läßt Sie übrigens schön grüßen – bittet Sie um Verständnis. Aber wir haben Schwierigkeiten. Zu viele Gäste sind geladen."

Es trifft Nußbaum wie ein Boxhieb in die Magengrube. Also doch. Dies wird eine freundliche, aber deutliche Ausladung. Sein linkes Knie fängt an zu zittern.

„Sie wissen ja", fährt Frau Doktor Benzinger fort, „die Regierung hat im Moment wenig Geld."

Nußbaum nickt resigniert. „Ja, ja. Ich weiß."

„... Nun, dann werden Sie ja verstehen, daß es sich der Herr Bundeskanzler nicht leisten kann, so viele Gäste zu bewirten."

„Zahlt er das denn aus eigener Tasche?"

„Aber sicher. Was dachten Sie denn? Glauben Sie, seine Frau tut etwas dazu? Und es werden fast zweitausend Gäste aus dem In- und Ausland erwartet."

Zweitausend, denkt Nußbaum. Aber für mich ist kein Platz. Alle sind da: Schlagersänger, Künstler, Spinner, aber kein regierungstreuer Oberstudiendirektor.

„Der Herr Bundeskanzler rechnet fest mit Ihrem Verständnis und Ihrer Hilfe, Herr Doktor Nußbaum."

„Hilfe? Mit meiner Hilfe?"

„Ja. Er läßt Sie nämlich durch mich fragen, ob Sie nicht vielleicht einen Salat mitbringen könnten."

„Häh? Ich soll einen Salat mitbringen?"

„Ja. Einen schönen Nudelsalat zum Beispiel oder Kartoffelsalat oder Obstsalat. Was Sie wollen. Wir brauchen nur etwas Gutes fürs kalte Büffet."

Nußbaum schluckt schwer. Er darf also doch kom-

men. Freudig hüpft er von einem Bein aufs andere.
Irritiert sieht seine Frau ihn an. Bronko kläfft.
„Meine Frau könnte ... ähm ..." Er hat eine Erleuchtung. Er hält rasch eine Hand auf die Telefonmuschel. „Agathe, der Herr Bundeskanzler möchte einen Salat von dir. Was ist deine Spezialität?"
Agathe antwortet schneller, als Schimanski schießt: „Mein Rheinischer Heringssalat."
Nußbaum nickt erfreut. „Der Rheinische Heringssalat meiner Frau ist meisterhaft. Mit Walnüssen, roter Bete und Kalbfleisch."
Agathe Nußbaum steht auf und mischt sich ungefragt weiter ein. „Das Geheimnis sind die Kapern darin und der weiße Pfeffer. Ich könnte aber auch einen Dänischen Fischsalat oder einen Matjesteller beisteuern, falls der Herr Bundeskanzler gern Fisch ißt."
Frau Doktor Benzinger lacht herzhaft. „Wie schön, daß Ihre Frau so verständnisvoll ist. Aber es muß ja nicht nur ein Salat sein. Wenn Ihre Frau wirklich eine so gute Köchin ist, dann könnten Sie vielleicht diesen Rheinischen Heringssalat mitbringen, einen Tomatensalat mit Artischockenherzen – den mag der Herr Bundeskanzler besonders gern – und einen Waldorfsalat."
Wieder hält Nußbaum die Muschel zu. Aufgeregt fragt er: „Agathe, kannst du einen Waldorfsalat machen?"
„Kleine Fische für mich!" winkt sie geschmeichelt ab.
„Nein, nicht mit Fisch. Mit Sellerie und Äpfeln", stellt Frau Doktor Benzinger klar.
„Ja, natürlich."

„Wenn sich Ihre Frau so viele Mühe macht, dann kann sie sich selbstverständlich auch als eingeladen betrachten. So. Jetzt muß ich aber Schluß machen. Bis bald.“

„Ja. Auf Wiederhören. Und schöne Grüße und ...“

„Ach, ähm, Herr Doktor Nußbaum – es ist mir fast ein bißchen peinlich. Aber bei unserer Finanzkrise bleibt mir keine andere Wahl. Wäre es unverschämt, wenn ich Sie darum bitte, auch ein paar Getränke mitzubringen? Weißwein. Trocken, versteht sich. Und ein paar Kisten Bier. Cola. Limo.“

Nußbaum, plötzlich von ungeahnter Großzügigkeit, willigt sofort ein. „Aber selbstverständlich. Sollen wir auch noch Salzstangen und Cracker mitbringen?“

„Gute Idee. Also dann, bis bald. Wir werden uns ja in Kürze persönlich kennenlernen.“

Nußbaum legt auf.

Dann quietscht er vor Freude. Auch Agathe strahlt wie schon lange nicht mehr. Sie hüpfen wie aufgeregte Rebhühner auf dem Wohnzimmerteppich herum. Klopfen sich lachend auf Schultern und Rücken und können ihr Glück kaum fassen.

12

Nicht nur bei den Nußbaums herrscht ausgelassene Fröhlichkeit. Auch die „Drei tollen Nullen“ lachen sich Bauchschmerzen an und einen Muskelkater ins Zwerchfell.

Olaf kann noch immer nicht glauben, daß es funktioniert hat. Er war selbst dabei, hat Ollis Stimme als Frau Doktor Marianne Benzinger gehört, aber trotzdem – es ist fast zuviel für ihn. Oskar als Stimmen- und Geräuschimitator ist schon eine Wucht. Aber gepaart mit Ollis frecher Phantasie wird aus der Kunst ein gelungener Scherz.

Oskar spult den Kassettenrecorder zurück. Er hat das ganze Gespräch aufgenommen. Auch der erste Anruf von „Frau Doktor Benzinger" ist drauf. Die „Drei tollen Nullen" wollen in diesem Jahr jedem Lehrer zum Geburtstag eine Kassette schenken. Und auf jeder Kassette ist der Beschenkte die Hauptperson.

Die humorvollen Lehrer, glaubt Olli, werden sich darüber schieflachen. Die anderen ..., na ja, die werden sich vermutlich ärgern. Aber die ärgern sich ohnedies immer über alles, weil sie sich lieber ärgern, als sich freuen. Diese Miesepeter nehmen sich selbst einfach zu ernst, um Spaß am Leben haben zu können.

„Vielleicht", grinst Oskar, „sollten wir die Tonbandaufzeichnung an den Rundfunk verkaufen. Dann gäbe es endlich mal was zu lachen im Radio."

„Was ist, Olaf? Gefällt dir etwas nicht? Du guckst so komisch."

„Na ja ..., ich denke gerade, daß für Nußbaum unser Streich nur der erneute Beweis sein wird, daß wir hinter all dem Unfug der letzten Tage stecken."

„Was sollen wir machen? Selbst wenn wir zu Engeln würden, wir könnten den Verdacht gegen uns nicht entkräften", gibt Olli zu bedenken. „Uns hängen zu viele alte Geschichten nach. Wir haben schon so viel

Mist gemacht, das vergessen die Pauker uns nie!"

„Außerdem – wenn man andere Leute nicht mehr hereinlegen kann, dann macht das Leben doch keinen Spaß mehr. Ein Leben ohne Streiche, das ist wie Pommes ohne Majo. Wie ein Hamburger ohne Hackfleisch. Wie ein Auto ohne Räder."

„Wie eine Erfindung, die nicht funktioniert", fügt Olaf mit Seitenblick auf Oskar hinzu.

„Wißt ihr, was der größte Gag wäre? Wir müßten diese Typen von der ‚Schwarzen Rose' reinlegen."

Olaf legt den Kopf schwer in beide Hände. „Wie soll man jemanden reinlegen, wenn man weder weiß, wie er heißt, noch wo er wohnt oder wie er aussieht?"

„Vielleicht ist es auch eine Sie!" sagt Olli.

Oskar stimmt ihr zu. „Solche Gemeinheiten können sich eigentlich nur Mädchen ausgedacht haben."

Olli verpaßt Oskar einen Hieb in die Rippen, daß ihm die Luft wegbleibt.

„Eins steht fest", grummelt Olaf, „wer versucht, meine Fische umzubringen, kriegt eine Menge Ärger, wenn ich ihn erwische." Olaf ballt die Fäuste, bis die Knöchel unter der Haut weiß werden und die Fingernägel sich tief in seine Handflächen eingraben.

„Wir müssen diese Typen wütend auf uns machen. Noch viel wütender, als sie es schon sind. Wer richtig wütend ist, macht Fehler."

„Also", knirscht Olaf zwischen den Zähnen hervor, „ich bin wütend genug."

„Und", sagt Olli, „wir müssen dafür sorgen, daß jeder weiß: Wir sind nicht die ‚Schwarze Rose'. Ich habe auch schon eine Idee."

13

Am nächsten Tag bringen die „Drei tollen Nullen" selbstgemalte Plakate mit in die Schule, einen Eimer mit frisch angerührtem Klebstoff und einen dicken Pinsel.

Das erste Plakat kleben sie an die Schulhofmauer, ganz nah am Eingang. Das nächste an die größte Fensterscheibe des Lehrerzimmers. Zwei an das graue Schulgebäude und ein paar in den Flur.

Als sie das letzte an ihre Klassentür pappen, steht plötzlich Herr Nußbaum hinter ihnen. „So, so! Hab ich euch also auf frischer Tat ertappt!" faucht er. „Wißt ihr nicht, daß das Anbringen von Plakaten im Schulgebäude verboten ist? Ohne Genehmigung geht da gar nichts. Wir sind doch hier nicht in China, wo jeder seine Wandzeitung aufhängen kann!"

„Ach, Herr Direktor", flötet Olli freundlich, „stellen Sie sich doch nicht so an! Wie sollen wir denn sonst die ganze Schule informieren? Schließlich konnten wir nicht extra einen Werbefilm fürs Vorabendprogramm drehen."

Nußbaum fühlt sich durch Ollis Argumente eher gereizt als beschwichtigt. „Das Ankleben von Plakaten ist Sachbeschädigung!" brüllt er.

Von Ollis Pinsel tropft eine weiße Flüssigkeit auf Nußbaums Schuhspitze. Klebstoff.

Oskar stellt den Eimer ab und fragt: „Hätten wir die Plakate annageln sollen?"

4 4703-8

„Manche Leute tapezieren ja so ...", grinst Olaf.

Wütend stampft Nußbaum auf. Es macht blubb, und sein Fuß steckt im Kleister. Entrüstet will er den Fuß herausreißen. Aber seine Bewegung ist zu hektisch und unüberlegt. Er verliert das Gleichgewicht, schießt den Eimer wie einen Fußball durch den Flur, und der Eimer knallt gegen die Tür der 7b.

Nußbaum landet auf dem Hintern. Während der Klebstoff in dicken Flocken die Tür herunterläuft, liest Nußbaum wutschnaubend, was auf dem Plakat steht:

An die feige Saubande, die sich „Schwarze Rose" nennt, obwohl „Schwarze Unterhose" besser zu euch Angebern passen würde, und an ihren völlig verblödeten Chef:

Niemand kennt euch. Uns dagegen kennt jeder: Wir sind die „Drei tollen Nullen". Olivia Oppermann, Olaf Füller und Oskar Schattenkirchner.

Nur Feiglinge oder häßliche Monster haben es nötig, ihre Gesichter zu verbergen.

Zeigt euch! Damit wir es euch zeigen können!

OOO

Nußbaum steht vorsichtig auf. Der Boden ist klebrig und glitschig zugleich. Aus seinem rechten Schuh quillt Kleister. In wenigen Minuten wird die Socke unrettbar im Schuh festkleben. Der Schnürsenkel wird hart wie Beton werden.

Nußbaum zeigt auf das Plakat. „Was ist das? Eine Aufforderung zum Duell?"

So hatten die „Drei tollen Nullen" es bisher nicht gesehen. Aber nun nicken sie.

„Damit wollt ihr nur davon ablenken, daß ihr selbst die ‚Schwarze Rose' seid!" flucht Nußbaum. „Ich kenne euch und eure Tricks!"

Nasse Fußspuren hinterlassend, humpelt Nußbaum ins Lehrerzimmer.

14

Herr Wirsing streicht sich immer wieder den Schlips glatt. Er kann noch gar nicht glauben, daß er wirklich so ein Ding am Hals baumeln hat. Es ist ein Geschenk seiner Schwiegermutter. Sie ist zu seinem Leidwesen für eine Woche zu Besuch. So lange wird er Schlipse und graue Flanellhosen tragen. Danach sind wieder Jeans angesagt.

Er steht an der Kaffeemaschine und freut sich über die Plakate. „Ich finde", lacht er, „die Plakate sind der Beweis, daß die ‚Drei tollen Nullen' nichts mit all dem zu tun haben."

Peter Lohmann nickt und schlürft seinen Kaffee. „Genau. Sie können es nicht gewesen sein. Der Kollege Nußbaum und ich saßen mit ihnen in der Eisdiele, als sein Auto ..."

„Papperlapapp!" unterbricht Nußbaum. „Wer sagt uns, daß die drei nicht längst vier sind?"

„Häh?"

„Vielleicht", überlegt Nußbaum, „haben sie sogar noch mehr Mittäter, und die drei sind nur die Anführer. Anstifter. Rädelsführer."

Lohmann tritt einen Schritt zurück und sieht Nußbaum genau an. „Wie sehen Sie eigentlich aus, Herr Kollege? Sind Sie in Sahnesoße gefallen?"

„Nein. Ich bin in einen Kleistereimer getreten."

Wirsing hält sich die Nase zu und versucht, ein Losprusten zu unterdrücken.

„Warum grinsen Sie so?" faucht Nußbaum ihn an.

„Ich grinse nicht." Nur mühsam hält Wirsing seine Atmung unter Kontrolle. Er weiß, gleich wird er losplatzen. Er kann es nicht mehr lange zurückhalten.

„Ich sehe doch, daß Sie grinsen!" schimpft Nußbaum.

Lohmann versucht, seinen Freund Wirsing zu retten. „Aber werter Herr Kollege Nußbaum! Er grinst nicht. Er hat es doch selbst gesagt."

Wütend stampft Nußbaum auf. Kleistertröpfchen fliegen herum. „Er grinst."

„Aber nein."

„O doch. Er lacht mich aus, weil ich in einen Eimer mit frisch angerührtem Kleister getreten bin."

„Wer hat ihn denn hingestellt? Wieder die ‚Schwarze Rose'?"

Nußbaum schüttelt den Kopf. „Diesmal die ‚Drei tollen Nullen'. Es war ein Hinterhalt. Gestürzt bin ich auch noch." Er dreht sich um. „Sehen Sie nur, wie ich aussehe! Mein Anzug ist von oben bis unten bekleckert. Dabei wollte ich den tragen, wenn ich zum Bundeskanzler ..."

Jetzt platzt Wirsing los. Wie ein Sektkorken schießt das Gelächter überschäumend aus ihm heraus. Seine Augäpfel treten dick hervor, als ob sie überquellen wollten.

„Lachen Sie nicht so blöd!" zischt Nußbaum. Er

wendet sich demonstrativ von Wirsing ab und sagt stolz zu Peter Lohmann: „Der Herr Bundeskanzler hat mich gebeten, den Rheinischen Heringssalat von meiner Frau mitzubringen. Sie wissen schon, den roten, den sie auch damals zum letzten Jubiläum gemacht hat."

In Lohmanns Gesicht fahren alle Züge gegeneinander und entgleisen. Auch er prustet nun los. „Sie meinen, der Bundeskanzler hat ... pha ... Verzeihen Sie, werter Kollege ..., aber ... das ist einfach zu komisch! Hohoho!"

Pikiert verläßt Nußbaum das Lehrerzimmer. Leise, aber wütend faucht er: „Man hat es nur mit Idioten zu tun!"

Da er keine Ersatzschuhe mit in die Schule genommen hat, muß er die verklebten anbehalten. Als er den rechten Schuh später zu Hause ausziehen will, kriegt er zwar den Fuß heraus, die Socke aber klebt fest.

15

In der Klasse prahlt Bastel-Oskar aufdringlicher als sonst mit einer neuen Erfindung. Natürlich kann er noch nichts Genaues verraten, aber seine neueste Schöpfung ist winzig klein, paßt angeblich in jede Hosentasche und soll eine Art Energiefeld um den menschlichen Körper aufbauen. „Es wirkt", erklärt Oskar, „wie ein unsichtbarer Schutzschild. Es läßt zum Beispiel keinen Regen durch."

„Du meinst", fragt Achim, „du hast einen elektroni-

schen, digitalgesteuerten Regenschirm erfunden?"
Oskar nickt schmunzelnd „So ähnlich. Natürlich perlt nicht nur jeder Regentropfen an einem ab, wenn man meinen Energieschutz benutzt."

„Was denn noch?"

„Nun, zum Beispiel kommen auch Bakterien nicht durch. Keine Viren. Schlechter Atem. Alles stoppt knapp fünf Zentimeter vor dem Körper. Es ist ein unsichtbarer Mantel. Wenn mein Gerät erst in die Massenproduktion geht, sind zahllose Krankheiten und Seuchen besiegt. Solchen unnötigen Quatsch wie Grippe zum Beispiel kann die Menschheit dann getrost vergessen."

Elvira wiegt beeindruckt den Kopf. Sie verliebt sich zum fünfzehnten Mal in Oskar. Schade, daß er nur Augen für Olli hat.

Achim will mehr wissen. Aber Oskar sagt: „Ich habe sowieso schon zuviel erzählt. Bitte behaltet alles für euch. Wenn die Sache herauskommt, wird die Pharmaindustrie versuchen, meine Erfindung in die Hand zu kriegen."

„Pharmaindustrie? Was ist denn das?"

„Die stellen Kopfschmerztabletten her. Antigrippetabletten. Hustensaft. Vitaminpulver. Magendragees."

„Haha, die werden arbeitslos, wenn dein Gerät funktioniert."

„Arbeitslos wohl nicht gleich. Aber die werden viel weniger verdienen, weil kaum noch einer ihre Tabletten braucht."

„Pst jetzt! Lohmann kommt. Kein Wort zu ihm. Ihr wißt, meine Erfindungen verwirren ihn immer so sehr. Wenn ich nur an das Zukunftsei denke ..." *

Olli lacht.

Lohmann tritt ein. Die Ruhe in der Klasse kommt ihm komisch vor. Sonst quatschen alle und kümmern sich kaum um ihn. Er bleibt im Türrahmen stehen.

Etwas tropft von oben in sein Hemd und auf seine kleine Glatzeninsel, über die er immer so geschickt sein Haar kämmt. Er fährt irritiert mit der Hand darüber und schaut dann nach, was zwischen seinen Fingern klebt. Weißer Kleister.

„Das war Herr Nußbaum", petzt Olaf grinsend. „Der hat einen Eimer Klebstoff gegen die Wand gekickt."

„Der hat einen tollen Schuß!" kommentiert Olli den Vorfall. „Sie sollten sich echt überlegen, ob er in der Lehrermannschaft nicht Stürmer werden kann. Dann schneiden die Lehrer beim nächsten Spiel gegen die Schülermannschaft vielleicht nicht so schlecht ab."

„Genau, vielleicht verlieren sie dann nicht 7 : 0, sondern nur noch 6 : 0."

Olli hört Lohmanns Ausführungen nicht zu. Sie mag ihn. Sie schaut ihn gerne an, wenn er da vorne steht, um Aufmerksamkeit ringt und Blickkontakt zu jedem einzelnen Schüler sucht. Wenn er sie ansieht, nickt sie ihm jedesmal freundlich zu. Er glaubt dann, daß sie auch zuhört. Aber das ist ein Irrtum. Sie mag den freundlichen Singsang seiner Stimme. Sie kann so schön träumen dabei. Er könnte Meditations-Kassetten besprechen. Der Inhalt seiner Sätze hingegen ist oft wenig überzeugend. Klingt auswendig gelernt. Kommt nur vom Kopf, selten vom Herzen.

---

* Drei tolle Nullen; Band 5 „Das Zukunftsei"

Olli beschäftigt sich im Geiste mit dem Plan, das Geheimnis der „Schwarzen Rose“ zu lüften.

Oskar hat mit seiner übertriebenen Prahlerei mit seiner Erfindung nichts weiter als einen Köder auslegen wollen. Wenn einer von der „Schwarzen Rose“ in ihre Klasse geht, dann weiß er jetzt Bescheid.

Olli ist sicher, daß einer aus ihrer Klasse dabei ist. Denn warum sonst sollten sie es ausgerechnet auf Nußbaum, Wirsing, Lohmann und Olaf abgesehen haben? Sie alle unterrichten in der 7b. Es ist also nur logisch, den Übeltäter in dieser Klasse zu suchen.

Olli schaut sich jedes einzelne Gesicht genau an. Elvira ist viel zu schüchtern und zu ängstlich für so was. Achim hätte zuviel Sorgen um seine guten Noten. Jochen ..., ach nein, dem traut sie es einfach nicht zu. Thomas, der kann jähzornig sein und sich schon mal vergessen. Aber so geplant vorzugehen, das liegt ihm wahrscheinlich nicht.

Aber trotzdem. Einer von ihnen muß dabeisein.

Bald werden wir mehr wissen, denkt Olli. Die „Schwarze Rose“ wird bestimmt versuchen, an Oskars Erfindung zu kommen. Vermutlich schon heute nacht. Es kann ja niemand wissen, daß die ganze Geschichte erfunden wurde, um die „Schwarze Rose“ in eine Falle zu locken.

In Oskars Garage sind Stolperdrähte gespannt. Wenn irgend jemand versucht, heimlich durch die Garage zu gehen, wird er sich in den Draht- und Seilfallen verfangen wie in einem Spinnennetz. Dann wird ein Blitzlichtgewitter ihn blenden, und später haben wir ein paar astreine Fotos für die Schülerzeitung.

Wer wird in die Falle tappen? Wer?

16

Es ist zehn Uhr abends. Zum letzten Mal schaut Omi Oppermann in Ollis Zimmer. Olli liegt schnarchend im Bett. Die Decke hat sie bis zum Kinn hochgezogen. Neben ihrem Kopf liegt aufgeklappt ein Buch. In der Nachttischlampe summt eine dicke Fliege um die Glühbirne herum.

Omi bleibt einen Moment gerührt stehen und schaut liebevoll auf ihre Enkelin. Sie ist beim Lesen eingeschlafen, wie so oft, denkt Omi und löscht das Licht.

Auch die Fliege verstummt sofort, als hätte sie den Wink verstanden.

Omi haucht noch ein zärtliches Küßchen in Ollis Gesicht, dann schließt sie die Tür.

Gleich darauf fliegt die Bettdecke zur Seite. Olli springt aus dem Bett. Sie ist vollständig angezogen. Sogar die Turnschuhe hat sie schon an. Jeder Handgriff sitzt, und Olli macht nicht das geringste Geräusch. Sie hat das oft geübt. Nach zehn verläßt sie ihr Zimmer nur noch durchs Fenster.

Omi Oppermann macht sich nämlich Sorgen, wenn Olli im Dunkeln noch auf der Straße herumläuft. Sie findet, daß sei zu gefährlich. Wenn es nach Omi ginge, läge Olli heute noch in ihrem Babybett, würde warmen Brei aus dem Plastikgeschirr löffeln und ins Töpfchen machen, weil die Gefahr runterzufallen, bei einer richtigen Toilette ungleich größer ist als bei einem Nachttopf.

Olli befestigt das Kletterseil am Fensterkreuz und läßt sich herab. Es sind nur zwei Meter, aber sie setzt vorsichtig die Füße an die Häuserwand und „trippelt", beide Hände am Seil, die Wand hinunter.

Sie trägt rauhe Lederhandschuhe. Als sie das erste Mal am Seil das Haus verließ, hatte sie keine Handschuhe an. Damals sauste sie einfach so nach unten. Die Schürfwunden an den Händen waren so schlimm, daß sie eine Woche lang keine Schulaufgaben machen konnte. Doch das erledigten Olaf und Oskar gerne für ihre Freundin. Olli nahm es als Selbstverständlichkeit hin. Wozu hat man Freunde?

Unten angekommen, rennt Olli los. Sie ist spät dran und will nichts verpassen. Neugier, denkt Olli, kann manchmal schlimmer sein als Hunger und Durst. Zumindest, wenn man genug zu essen im Kühlschrank hat.

Olli kann zwischen drei Wegen zur Münzenbergstraße Nummer 5 wählen: durch den Park, über die Hauptstraße oder an der alten Fabrik vorbei. Der Weg über die Hauptstraße ist länger als die beiden anderen. Dafür ist die Hauptstraße gut ausgeleuchtet und sogar um diese Zeit noch stark belebt.

Olli rennt an der stillgelegten Fabrik vorbei. Das ist der kürzeste Weg. Wie oft hat Omi ihr schon gesagt, sie soll dort nicht gehen! Der Weg sei zu einsam, zu dunkel, zu weit weg vom nächsten bewohnten Haus. Aber Ratschläge sind für Olli dazu da, in den Wind gepustet zu werden. Sie glaubt nicht an Monster, und Überfälle gibt es auch nur im Fernsehen ... hofft sie.

Aber dann kommen ihr plötzlich drei Schatten entgegen. Einer von ihnen hat eine Taschenlampe und richtet sie auf Olli.

Ollis Pupillen haben sich schon an die Dunkelheit gewöhnt. Das Licht blendet sie. Es tut fast weh. Schützend hebt Olli die Hände vors Gesicht. „Äi, blende doch jemand anders!" schimpft sie, um sich Mut zu machen, und denkt: Hätte ich blöde Kuh doch nur auf Omi gehört!

„Sieh mal einer an, wen haben wir denn da?" tönt eine blecherne Stimme. „Olivia Oppermann! Das Fräulein Zauberin von den ‚Drei mickrigen Nullen'!"

Olli versucht, dem Licht auszuweichen, doch wohin sie auch springt, der Lichtkegel folgt ihr und landet treffsicher in ihrem Gesicht. „Okay. Nun weißt du, wer ich bin. Aber wer bist du?"

Gelächter. Nicht heiter. Eher eine Spur gemein.

„Ich bin der völlig verblödete Chef der feigen Saubande, die sich ‚Schwarze Rose' nennt!"

Olli hat sofort einen Kloß im Hals, der ihr das Sprechen schwermacht. In der Magengegend wird ihr merkwürdig flau, und es kribbelt ihr auf der Haut. Sie fühlt sich, als hätte sie Juckpulver in den Klamotten. „Das hast du aber gut auswendig gelernt!" sagt sie cool.

Prima! Nur nicht zeigen, wieviel Angst du hast, Olli! „Weißt du auch, wie's weitergeht? – ‚Nur Feiglinge haben es nötig, ihr Gesicht zu verbergen. Zeigt euch, damit wir es euch zeigen ...'" Olli schluckt.

„... zeigen können ...", fährt der Schatten wütend fort.

Olli atmet tief durch. Sie blinzelt in den Schein der Taschenlampe und versucht herauszufinden, wo die beiden anderen stehen. Sie sieht fast nichts mehr. Der

Lichtkegel tanzt wie eine böse kleine Sonne vor ihren Augen auf und ab. „Also, ich habe jetzt keine Zeit mehr. Ich muß gehen. Tschüs!" sagt sie mit fester Stimme.

Wieder dieses Gelächter.

„Wir lassen dich aber nicht gehen."

„Warum nicht? Was wollt ihr von mir?"

„Du sollst dich bei uns entschuldigen. Für dieses freche Plakat."

„Und wenn ich es nicht tue?" Olli hört ein Klatschen. Ihr ist fast schwindelig vor Angst und Aufregung. Wahrscheinlich hat der Typ mit seiner Faust in die offene Hand geschlagen, um das Geräusch einer Ohrfeige nachzumachen.

„Dann kriegst du die Prügel deines Lebens."

„Scheiße."

„Was hast du gesagt? Ich versteh dich nicht."

Ruhig atmen, Olli. Cool bleiben! „Ach, ist das so üblich bei euch von der Scharfen Soße ... äh, ich meine Schwarzen Unterhose ... ach, verknitterte Papiernelke, meine ich ..."

Scharf wie ein Schwerthieb zerschneiden die Worte die Luft: „Von der *Schwarzen Rose*!"

Erleichtert atmet Olli auf. „Ja, genau. So heißt der feige Sauhaufen!"

Jetzt hat sie den Typen so in Rage gebracht, daß er mit der Taschenlampe wild herumfuchtelt. Dabei erkennt Olli zumindest eines: er ist nicht größer als sie selbst. Ein Klassenkamerad? Aber dann müßte sie seine Stimme erkennen.

„Wie nennt man dich?" fragt Olli. „Pizzagesicht?"

Der Boß knirscht vor Wut mit den Zähnen, aber er

verrät weder seinen eigenen Namen, noch schafft er es, Olli eine zu knallen.

Sie spürt, daß ihre Frechheit ihn lähmt. Wenn sic vor Angst um Gnade winseln würde, sähe alles ganz anders aus. So hat sie die Situation zwar nicht im Griff, verblüfft aber ihre Gegner. Schrei sie an, denkt Olli. Mach sie fertig. Was soll schon passieren? Sie sind ja bloß zu dritt.

Sie brüllt den Wortührer an: „Ist das euer Hobby? Mädchen überfallen? Lauert ihr jeden Abend auf Opfer? Oder habt ihr speziell auf mich gewartet?"

Eine kratzige Stimme, so als hätte jemand einen zu trockenen Mund, antwortet von der Seite. „Aber Olli ..., das ist kein Überfall. Wir haben auch nicht auf dich gewartet. Wir ..."

„Halt's Maul!" herrscht der Boß seinen Kumpel an. Dann säuselt er fast versöhnlich in Ollis Richtung: „Wir sind zufällig hier. Wir kommen von da, wo du hinwillst. Dachtest du wirklich, wir wären so blöd, auf euren Trick hereinzufallen?"

„Ja. Dachten wir", kontert Olli.

„Wären wir ja auch fast, Chef."

„Schnauze! Weißt du, ihr Nullen seid einfach zu blöd. Wir standen schon vor der Garage. Natürlich haben wir uns erst mal alles in Ruhe von draußen angesehen. Olaf hockte auf dem Dach. Mit einer Kamera, glaube ich."

„Wir haben ihn aber nicht gesehen."

„Ich habe gesagt, du sollst das Maul halten!"

„Habt ihr ihn nun gesehen oder nicht?" will Olli wissen. Prima, denkt sie. Wenn die sich streiten, habe ich gleich gewonnen. Ich muß Zwietracht säen. „Wenn ihr ihn gesehen habt, hat er euch auch gesehen. Und dann hat er euch garantiert fotografiert. Seid also vorsichtig. Wenn ihr mir auch nur ein Haar krümmt ..."

„Wir haben ihn gehört. Dein doofer Freund Oskar konnte es nämlich nicht mehr aushalten und rief aus dem Fenster: ‚Äi, Olaf, siehst du schon etwas?' Und rate mal, was Olaf geantwortet hat?"

Olli brüllt, so laut sie kann, und macht dabei Olafs Stimme nach: „Ja, Oskar, ich seh sie! Bah, sehen die fies aus! Meine Kamera weigert sich, so häßliche Menschen zu fotografieren."

In dem Augenblick schlägt ihr eine Hand ins Gesicht.

Olli ist es nicht gewöhnt, geohrfeigt zu werden. Sie will sich gar nicht erst daran gewöhnen. Da ihr Vater sich schon vor ihrer Geburt aus dem Staub machte, konnte er ihr auch nie Ohrfeigen verpassen. Ihre Mutter ist ständig auf Theatertournee und mit sich selbst beschäftigt. Omi Oppermann ist nicht der Mensch, der andere schlägt. Sie wendet sich eher traurig ab, wenn sie enttäuscht ist.

Als die Hand zum zweiten Mal heransaust, packt Olli zu und beißt hinein.

Der Besitzer der Hand jault gequält auf wie jemand, der nackt in Brennesseln gefallen ist.

Vorsichtshalber beißt Olli noch einmal zu. Sie erwischt Daumen und Zeigefinger. Tief graben sich ihre Zähne ein.

Das Opfer zappelt und strampelt und schreit. Es verliert seine Taschenlampe. Sie rollt über die Straße und beleuchtet völlig sinnlos ein Stückchen Asphalt. Eine Maus verschwindet in panischer Angst in einem Gulliloch.

Bevor die beiden anderen ihrem Chef zu Hilfe kommen können, rennt Olli kreischend weg. „Olaf! Oskar! Gut, daß ihr endlich kommt! Schön, daß ihr die Beile mitgebracht habt! Haut sie zu Brei!“ brüllt sie.

Natürlich sind Olaf und Oskar gar nicht da. Und sie haben erst recht keine Beile dabei, mit denen sie jemanden zu Brei hauen könnten. Aber das wissen die drei von der „Schwarzen Rose“ nicht, und sie zögern einen Moment, Olli zu verfolgen. Als sie erkennen, daß sie auf einen Trick hereingefallen sind, ist Olli längst in einem Hauseingang zwei Straßenecken weiter verschwunden.

Dort harrt sie aus, bis sie sicher sein kann, daß der Spuk vorbei ist. Dann flüchtet sie sich zu ihren Freunden in die Münzenbergstraße Nummer 5.

17

Während die „Drei tollen Nullen“ in Schattenkirchners Garage sitzen, Pfefferminzkaugummi kauen und über die neue Lage beraten, pirscht sich im Schutz der Bäume eine dunkle Gestalt heran.

Jetzt hockt sie gebückt hinter dem Wagen der Schattenkirchners und betrachtet von dort aus das Garagentor, hinter dem angeblich die neue großartige Erfindung von Oskar Schattenkirchner versteckt ist.

Das Fenster der Garage steht sperrangelweit offen. Im Lichtschein sind deutlich Angel-Olaf, Chaos-Olli und Bastel-Oskar zu erkennen.

Aufgeregt erzählt Olli von dem Überfall. Die laue Frühlingsluft weht Wortfetzen auf die Straße: „... feige Schweine! ... scharfe Soße ..., eine geknallt ... gebissen wie ein Dobermann ..., mindestens zu dritt ..., gemein ..."

Vor Olafs Gesicht zerplatzt eine dicke Kaugummiblase. Jetzt klebt alles in seinem Gesicht. Sogar in den Augenbrauen hängen weiße Gummifäden.

Die Gestalt löst sich vom Auto und huscht zum Garagentor.

Ein Handgriff und ... „Dachte ich es mir doch. Nicht einmal abgeschlossen. Es sind eben Kinder. Haben keine Ordnung. Keine Disziplin. Keinen Verstand. Die größte Erfindung dieses Jahrhunderts liegt vermutlich einfach rum wie ein schmutziger Strumpf."

Knarrend wird das Garagentor Zentimeter für Zentimeter geöffnet. „Mist! Hätten mal die Stangen ölen müssen. Machen alles falsch, diese Blagen."

Schon schlüpft die Gestalt ins Dunkel der Garage und bleibt zunächst stehen. Mit einer Hand versucht sie, den Lichtschalter zu ertasten. Da ist er.

Klick.

Nichts tut sich.

Noch einmal. Klick. Klick. Klick. „Schlamperei. Nicht einmal der Lichtschalter funktioniert. Schöner Erfinder! Zu blöd, um so eine Kleinigkeit zu reparieren. Wo habe ich denn meine Streichhölzer ..."

Ein Schritt vorwärts ist schon zuviel. Ein Seil spannt sich, eine Sirene heult los, ein Eimer Kleister kommt herangeflogen und trifft. Von der Decke fällt ein Fischernetz herab. Ein Blitzlichtgewitter und das Klicken einer Kamera folgen.

Die Gestalt schlägt, im Netz verfangen, um sich und stolpert vorwärts. Dann stürzt sie über ein Drahtseil in einen Berg alter Hühnerfedern. Je kleiner sie sind, desto besser kleben sie.

Ein erneutes Blitzlichtgewitter versetzt den Einbrecher in Panik.

Die „Drei tollen Nullen“ hechten aus dem Fenster. Sie landen geschickt auf dem Garagendach, federn nur kurz in den Knien nach und springen dann von dort in den Vorgarten. Es gibt zwar Leitern, aber nicht einmal Olaf benutzt sie, obwohl er doch die teure Blitzlichtkamera seines Vaters umgehängt hat.

„Wir haben sie doch noch erwischt, die blöden Schweine!“ jubelt Oskar und packt den eigens für diesen Augenblick bereitgelegten Gartenschlauch. Er dreht voll auf und hält ihn ins Dunkel der Garage.

Olli nimmt die Taschenlampe. „Wie kann man nur so doof sein und in die Falle rennen, wenn man sie kennt?“ brummt Olli.

Olaf hält den Fotoapparat wie eine Waffe in die Garage. „Los, Olli, mach Licht! Wir wollen die dämlichen Gesichter sehen!“

Gesagt – getan.

Oskars Wasserstrahl sinkt schlaff herab.

Olafs Kamera fällt auf den Boden.

Mit weit aufgerissenen Augen schreit Olli: „Herr Doktor Nußbaum!?! Sie???“

5 4703-8

18

Oskar erscheint heute in der Schule noch etwas müder als sonst. Die Ringe unter seinen Augen künden davon, daß er die Fotos noch in der Nacht entwickelt hat.

Sieben sind etwas geworden. Sie zeigen Nußbaum von vorne, von hinten, von der Seite. Unter einem Fischernetz, mit irre hervorquellenden Augäpfeln. Mit Kleister auf Kopf und Anzug und in einer Wolke von Hühnerfedern.

Die anderen drei Aufnahmen sind nichts geworden, da Nußbaum aus dem Bildausschnitt gestürzt war. Auf einem Bild sieht man noch seinen in die Luft ragenden Fuß und eine hochgewirbelte Hühnerfeder darüber.

Es gibt an der Graf-Bischoff-Schule schon lange keine Schülerzeitung mehr. Aber diese Aufnahmen begeistern die Schüler so sehr, daß sie überlegen, eigens dafür eine neue Schülerzeitung zu gründen. Schließlich will fast jeder Abzüge von den Bildern, am liebsten Vergrößerungen.

„Wenn wir alle Fotos im Innenteil bringen, wird die Zeitung ein Renner!"

„Wir könnten das schönste Fotos auch als Poster verkaufen."

„Schade, daß Achim nicht da ist. Die Bilder würden ihm auch gefallen. Endlich ist mal was los, und er fehlt."

„Was hat er denn?"
„Der ist krank."
„Wenn er die Fotos sieht, geht es ihm bestimmt gleich besser."
Dr. Nußbaum denkt im Lehrerzimmer laut darüber nach, die Fotos beschlagnahmen zu lassen.
Frau Dr. Linneborn ist auch dafür, glaubt aber nicht, daß Nußbaum damit gegen die „Drei tollen Nullen" durchkommen wird.
„Die halten doch heutzutage alle zusammen. Verbrecher, Polizisten und Justiz."
Wirsing grinst. Peter Lohmann versucht zu schlichten. Lindemann hofft auf seine Pensionierung.
Er argumentiert so sachlich wie möglich: „Was ist denn schon passiert, Kollege Nußbaum? Sie sind in eine Falle getappt, die nicht für Sie vorgesehen war. Statt mit der Polizei zu drohen, sollten Sie sich lieber überlegen, was Sie nachts in der Garage zu suchen hatten. Genausogut könnten die Schattenkirchners Anzeige gegen Sie erstatten. Wegen Einbruchs."
Wutschnaubend wirft Nußbaum seinen Kopf zurück. „Das hieße ja", schimpft er, „aus Opfern Täter zu machen!"
Frau Dr. Linneborn nickt. Mit blutleeren Lippen zischt sie: „Wir hätten diese ‚Drei Nullen' schon vor mehr als einem Jahr aus der Schule werfen sollen. Sie gehören einfach nicht hierher. Sie verderben die anderen Schüler und vergiften das allgemeine Klima."
„Genau!" stimmt Dr. Nußbaum bei. „Wir sollten jetzt endgültig Schluß machen mit dem Spuk."
„Sehen Sie sich vor, Kollege Nußbaum", lacht Wir-

sing. „Nicht daß Olli Sie wieder in eine kleine, graue Maus verwandelt!“ *

Mit einem haßerfüllten Blick versucht Nußbaum, Wirsing von dem peinlichen Thema abzubringen. „Es kann jeden von uns erwischen!“ droht er. „Heute bin ich dran. Morgen vielleicht Sie.“

„Ich war schon dran“, sagt Wirsing. „Man hat meinen Keller unter Wasser gesetzt. Nur, im Gegensatz zu Ihnen, verurteile ich niemanden ohne Beweise. Ich glaube nicht, daß die ‚Drei tollen Nullen‘ es waren. Ich denke vielmehr, irgend jemand möchte es den ‚Drei tollen Nullen‘ in die Schuhe schieben.“ Für Wirsing, der sonst eher als mundfaul bekannt ist, war das schon fast eine Rede. Nun schaut er sich um, will sehen, ob sie Wirkung zeigt.

Frau Dr. Linneborn geht zur Kaffeemaschine. Von einem Lehrer, der chemische Flüssigkeiten zu Kunstwerken mixt, hält sie sowieso nichts. Wirsing ist für sie ein unreifer Spinner. Wenn sie etwas zu sagen hätte, dann dürfte Wirsing vielleicht auf dem Marktplatz Gemüse verkaufen, aber niemals eine Schulklasse unterrichten. „Wir sollten“, betont sie majestätisch, „eine Konferenz einberufen und entscheiden, was zu tun ist.“

In dem Moment heult die Alarmsirene auf dem Schuldach los. Sekunden später hebt ein ohrenbetäubendes Schülergebrüll an.

Die Lehrer sehen sich an.

„Probealarm?“ fragt Lohmann.

Nußbaum schüttelt den Kopf. „Nein. Probealarm

---

* Drei tolle Nullen; Band 6 „Nußbaums Rache“

hatten wir erst vor vier Wochen."

Frau Dr. Linneborn wird blaß. „Aber das heißt ja ..."

„Die Schule brennt!" grinst Wirsing.

Frau Dr. Linneborn kippt um. Nußbaum fängt sie im Fallen auf und schleppt sie zum Sofa. Dort lädt er sie ab wie einen Sack Sand. „Ein Glas Wasser!" fordert Nußbaum mit Blick auf Wirsing.

„Ein Glas Wasser? Wollen Sie mit einem Glas Wasser die Schule löschen?"

„Nein, Sie Trottel! Ich brauche es für Frau Doktor Linneborn."

Die Tür zum Lehrerzimmer wird aufgestoßen.

Klaus – von vielen auch „Der Sheriff" genannt, weil er überall gern für Recht und Ordnung eintritt – springt in den Raum. Er hält sich die Hände wie einen Trichter vor den Mund und schreit: „Feueralarm! Rette sich, wer kann!"

Olaf reißt den Feuerlöscher im Flur von der Wand, bereit, gegen die Feuersbrunst anzukämpfen.

Oskar tippt sich gegen die Stirn. „Du hast sie wohl nicht mehr alle. Wenn die Schule brennt, dann laufe ich weg. Aber ich lösch doch nicht! Mit ein bißchen Glück brennt der morsche Laden bis auf die Grundmauern nieder. Dann haben wir frei. Vielleicht sogar bis zu den Sommerferien."

Olli kümmert sich um die Kleinen, die aufgeschreckt herumlaufen und von den größeren Schülern umgerannt oder weggedrängt werden.

Die schwere Eingangstür ist verschlossen. Die Schüler kommen nicht raus.

Aus allen Klassen rennen sie zum Ausgang. Dort unten, direkt vor der Tür, kriegen die ersten schon keine Luft mehr, weil die Nachströmenden so drängeln. Aber die Flügeltür ist von außen versperrt. Dort baumelt ein Fahrradschloß an beiden Türgriffen.

Einen Spalt können die Schüler die Tür öffnen. Gerade genug, um zu sehen, daß außen ein Schloß hängt.

Olli ist bei den Kleinen ganz unten an der Tür. „Drängelt nicht so!" ruft sie hoch. Aber wer hört sie schon bei dem Lärm?

„Hilfe, mein Gipsarm!" schreit Thomas und hält ihn hoch.

„Au!"

„Wer tritt mir auf den Fuß?"

„Wenn kein anderer bereit dazu ist, mach ich es."

„Spaßvogel!"

„Wir verbrennen alle, und ihr macht Witze!"

„Wo sind unsere Lehrer?"

„Typisch, wenn man sie braucht, dann ..."

Lohmann versucht, zur Tür durchzukommen. Aber er bleibt in der quirligen Schülermasse stecken.

Olli ruft ihm zu: „Bringen Sie eine Säge mit! Jemand hat außen ein Vorhängeschloß angebracht."

„Säge? Ich habe keine Säge!" brüllt Lohmann zurück.

„Mist."

„Hilfe! Wir werden alle verbrennen!"

„Hier kommen wir nie raus, Olli, was sollen wir machen?" weint ein kleiner Junge.

„Ich will zu meiner Mama!"

„Hilfe! Ich kriege keine Luft mehr! Die drängeln so!"

„Es gibt doch noch einen zweiten Ausgang!" kreischt Olli hoffnungsvoll. Aber da sieht sie, wie ganz hinten Oskar den Kopf schüttelt. Er kommt gerade von dort.

Diese Tür ist auch verschlossen.

„Bildet Reihen!" fordert Lohmann die Schüler auf. „Ruhe bewahren und besonnen vorgehen."

„Gerne, aber wohin?"

Olli spürt die Panik um sich herum. Sie weiß, sie muß rasch handeln. Jemand muß jetzt allen sagen, was sie tun sollen.

Es hat schon oft Übungen zum Feueralarm gegeben. Bisher hat immer alles prima geklappt. Eigentlich weiß jeder, was er zu tun hat. Aber bei jedem Probealarm waren die Türen offen. Mit geschlossenen Türen bei Feueralarm hat niemand gerechnet.

Jemand hat die Schüler absichtlich eingesperrt und einen Brand gelegt, schießt es Olli durch den Kopf. Von Lohmanns Gesicht kann sie ablesen, daß es diesmal kein Probealarm ist.

„Die ..., die Feuerwehr wird gleich hier sein und uns herausholen!" ruft er hoffnungsvoll.

„Darauf können wir nicht warten!" Olli setzt sich mit lauter Stimme durch. „Geht in die Klassen im unteren Stockwerk. Schlagt die Scheiben ein und springt nach draußen!"

Ollis Worte werden mit Gegröle aufgenommen. Sofort zerstreut die Schülertraube sich. Schon klirren die ersten Fensterscheiben.

„Ihr ..., ihr könnt die Fenster auch öffnen!" jammert Lohmann. „Ihr müßt sie nicht einschlagen!"

Aber auf ihn hört niemand mehr.

Die ersten Jubelschreie der Geretteten ertönen. „Ich bin frei! Hurra! Ich lebe! Jetzt spring du, Gert! Es ist nicht tief!"

Es nähern sich drei Feuerwehrwagen mit Tatütata.

Als die Feuerwehrleute auf den Schulhof stürmen, bietet sich ihnen ein merkwürdiger Anblick! Alle Schüler sind draußen. An den Schultoren baumeln Fahrradschlösser. Die Fensterscheiben im Erdgeschoß sind eingeschlagen.

Aus einem Fenster guckt Herr Nußbaum. Er hält Frau Dr. Linneborn im Arm. Er ist blaß und hat ganz schmale Lippen.

„Ich ..., ich springe nicht", sagt Frau Dr. Linneborn.

Nußbaum sieht aus wie ein Kapitän, der sich weigert, das sinkende Schiff zu verlassen, weil er den Rettungsbooten nicht traut und Nichtschwimmer ist.

Die Feuerwehrleute brechen die Vorhängeschlösser auf, stürmen in das Schulgebäude, um zu sehen, wo es brennt.

Aber sie finden kein Feuer. Nicht einmal ein abgebranntes Streichholz entdecken sie.

Wer den Feuermelder eingeschlagen hat, steht leider nicht dran.

19

„Und wie ...", fragt Dr. Nußbaum kritisch seinen Kollegen Lohmann, „... und wie soll ich dem Bundeskanzler erklären, daß die Schüler, statt die Fenster zu öffnen, die Scheiben eingeschlagen haben?"

Lohmann zuckt mit den Schultern. „Wenn es den Bundeskanzler beruhigt, dann sagen Sie ihm einfach die Wahrheit. Olivia Oppermann gab das Kommando."

„Chaos-Olli ...", knirscht es zwischen Nußbaums Zähnen.

Lohmann nickt. „Ja genau. Sie war es. Und wir müssen ihr im Grunde dankbar sein."

„Dankbar?" kreischt Nußbaum. „Sie hat die Schule ruiniert und wir sollen ihr auch noch dankbar dafür sein? Das war Vandalismus."

„Die Kinder sind in der Pubertät. Das kann man ihnen schlecht vorwerfen. Sie werden erwachsen, aber sie sind es noch nicht. Wenn es wirklich gebrannt hätte, dann ..."

„Hat es aber nicht!" fährt Nußbaum dazwischen.

Lohmann beharrt auf seiner Meinung. Stur wiederholt er den letzten Halbsatz. „Wenn es wirklich gebrannt hätte, dann wären wir Olli zu Dankbarkeit verpflichtet. Sie hat als einzige umsichtig gehandelt und alle Schüler in Sicherheit gebracht."

Nußbaum reckt sein Kinn vor. „Wenn ich Sie so reden höre, dann frage ich mich, warum wir ihr keine Lebensrettungsmedaille verleihen."

Nachdenklich sagt Lohmann: „Gute Idee."

Als müsse er den Kollegen aus einem Traum wekken, brüllt Nußbaum ihn an. Dabei spuckt er Speichel auf Lohmanns Jackett. „Wir sind hereingelegt worden! Die ‚Drei Nullen' haben die Schule mit Fahrradschlössern verriegelt und eine Mausefalle daraus gemacht. Dann den Feuermelder eingeschlagen und für Panik gesorgt, um schließlich als Retter dazustehen und dabei noch alle Scheiben zu demolieren!"

Lohmann winkt ab. „Ach was. Das mit den Fensterscheiben war einfach ein Irrtum. Das hätte in der Situation jedem passieren können."

„Mir nicht!" trotzt Nußbaum.

„Stimmt", sagt Lohmann. „Sie wären lieber verbrannt, bevor Sie eine Scheibe eingeschlagen hätten."

„Unverschämtheit!" brummt Nußbaum und geht.

20

Nußbaum kommt geladen nach Hause. Immerhin, dort wartet eine gute Nachricht auf ihn. Sein Wagen ist fertig. Wie neu. Er kann ihn aus der Werkstatt abholen.

Gemeinsam mit seiner Frau fährt er mit dem Taxi hin. Er leistet sich nur selten ein Taxi. Dazu ist er zu geizig. Aber an einem Tag wie diesem ...

Von weitem sieht Nußbaum ein schweinchenrosa Auto auf dem Parkplatz vor der Werkstatt stehen. Kopfschüttelnd sagt er zu seiner Frau: „Agathe, sieh dir das an! Wie kann ein erwachsener Mensch mit so einem Auto fahren? Geschmacklos!"

Sie gibt ihm recht. Sie weiß, daß er es heute noch mehr braucht als sonst. „Ja, geschmacklos. Einfach geschmacklos."

Ungefragt mischt der Taxifahrer sich ein. „Wer so ein Auto fährt, der hat bestimmt einen Minderwertigkeitskomplex ... oder will um jeden Preis auffallen. Wahrscheinlich ein junger Bursch, der eine Freundin sucht ... Mein Jüngster hat damals bei seinem Wagen die Reifen verbreitern lassen. Spoiler angebracht und Rinderhörner auf die Kühlerhaube montieren lassen."

„Rinderhörner?"

„Hm. Aber zum Glück gab sich das. Als er endlich eine Freundin hatte. Jetzt geht es ihm wieder gut. Er ist ganz normal geworden."

Herr Nußbaum findet den Fahrer sympathisch. Er gibt ihm dreißig Pfennig Trinkgeld. Der Fahrer empfindet das als eine Unverschämtheit. Aber er ist knickrige Kunden gewöhnt und bedankt sich trotzdem, als sei ihm gerade ein Königreich vererbt worden.

Frau Agathe Nußbaum erkennt das Nummernschild. Sie zupft ihren Mann am Ärmel: „Guck mal, guck mal!"

„Ja, Agathe, ich habe diese scheußliche Karre schon gesehen. Nur ein Verrückter kann sein Auto so spritzen lassen."

„A...a... aber, d... das ist unser Auto."

„Qua..."

Bis zum „tsch" kommt Nußbaum nicht mehr. Ihn trifft fast der Schlag, als er das Nummernschild sieht. Sein Sprachzentrum im Gehirn wird für einen Moment lahmgelegt. Er sucht nach Worten, findet sie aber nicht. Als wären seine Wortspeicher plötzlich leer. Gelöscht.

Das erste Wort, das ihm wieder einfällt, ist „Scheeiisssssseeehhh!"

Dieses Wort ist seine Frau aus seinem Mund nicht gewöhnt. Sie weiß nicht, worüber sie mehr empört ist: über die Sprache ihres Mannes oder über den Zustand des Wagens.

Der Werkstattbesitzer bringt die Rechnung. Sie ist wegen der ungewöhnlichen Farbe etwas teurer ausgefallen.

Nußbaum setzt sich stumm hinters Steuer und

schämt sich nicht, als eine kleine Träne über seine Wange rollt. Er haut kraftlos gegen das Lenkrad. In seiner Geste liegt die Erkenntnis: er kann es nicht mehr ändern.

Blaß sitzt Agathe neben ihm. Am liebsten würde sie ihr Gesicht hinter einem Schleier verbergen. Sie ist doch bekannt als eine Frau, die auf die Äußerlichkeiten achtet. Immer korrekt gekleidet und frisiert. Den Vorgarten mustergültig gepflegt und die Fenster geputzt. Und jetzt das.

„Warum", fragt Nußbaum, „tun sie mir das an?"

„Glaubst du, daß uns die ‚Drei tollen Nullen' diese Geschichte eingebrockt haben?"

„Bitte, Agathe, sag nicht ‚Tolle Nullen'. Sag einfach nur ‚Nullen'. Oder ‚Gemeine Nullen'. Aber nicht ‚Tolle'."

Frau Nußbaum verschweigt, wie sympathisch sie Oskar findet. So einen Sohn hatte sie sich immer gewünscht.* Aber leider ist ihre Ehe kinderlos geblieben, und der dicke, weiße Pudel Bronko ist nur ein schwacher Ersatz für ein Kind. Sie will nicht glauben, daß Oskar etwas damit zu tun hat. Die anderen vielleicht ... Oskar bestimmt nicht. Er würde ihr so etwas nicht antun. Ihrem Mann vielleicht. Ihr aber niemals!

Erwartungsvoll erscheint der Lehrling. Er lächelt ins Auto und druckst herum.

Nußbaum kurbelt die Scheibe herunter und sieht ihn an. „Ist etwas?"

„Na ja", der Lehrling wechselt das Standbein und schielt zum Chef hinüber. Der soll davon nichts mit-

---

* Drei tolle Nullen; Band 6 „Nußbaums Rache"

bekommen. „Sie haben mir doch am Telefon zwanzig Mark versprochen."

„Zwanzig Mark wofür?"

„Trinkgeld."

„Zwanzig Mark Trinkgeld? Was trinken Sie denn? Flüssiges Gold? Ich gebe manchmal zwanzig Pfennig Trinkgeld." Nußbaum will die Scheibe wieder hochkurbeln. Die Sache ist für ihn erledigt. Schnorrer mag er nicht.

Der Lehrling schmollt. „Wenn ich das gewußt hätte, hätte ich mir nicht solche Mühe gegeben. Ich mußte die Schablonen selbst anfertigen. Rosen haben wir nämlich nicht da. Nur Totenköpfe und ..."

„Junger Mann", faucht Nußbaum ungehalten, „wovon reden Sie überhaupt?"

„Na, von der schwarzen Rose."

Das Wort elektrisiert Nußbaum. Er stößt die Wagentür auf.

Der Lehrling kriegt sie gegen das rechte Knie und jault vor Schmerz auf.

Nußbaum springt aus dem Wagen und packt den Burschen am Hemd. Er reißt ihn zu sich hoch. „Was ist mit der ‚Schwarzen Rose'?"

„Na, ich habe sie auf den Kofferraum gesprüht, ganz wie Sie wollten."

Nußbaum läßt den Lehrling los und rennt hinters Auto. Tatsächlich. Dort lacht ihn die schwarze Rose an. Schwarz auf Schweinchenrosa. Auffälliger geht es nicht.

Stumm zückt Nußbaum seine Brieftasche und fischt einen Zwanziger heraus. Er steckt dem Lehrling den Schein zu und steigt wieder in den Wagen. Als er den Zündschlüssel herumdreht, fällt ihm ein Agentenfilm ein, den er neulich gesehen hat. Da explodierte das Auto, als der Fahrer den Motor anließ. Seine Gegner hatten eine Bombe darunter angebracht.

Für den Bruchteil einer Sekunde will Nußbaum sich aus dem Wagen fallen lassen und in Deckung gehen, wie er es in dem Film gesehen hat. Aber dann befürchtet er, sein Anzug könnte Ölflecken bekommen, und er läßt es darauf ankommen.

Er hat Glück. Niemand will ihm ans Leben. Die „Schwarze Rose" hat es mehr auf seine Nerven abgesehen.

„Mit dem Auto", sagt Nußbaum trocken, „lacht der Bundeskanzler mich aus."

„Nicht nur der", erwidert Agathe.

21

Elvira hat zufällig auf dem Nachhauseweg ein Gespräch zwischen zwei Schülern aus der Oberstufe mit angehört. Kalle und Luntrus.

Sie weiß nur soviel: die beiden finden die „Schwarze Rose" toll und können sich über jede ihrer Aktionen schieflachen. Besonders gut gefiel den beiden der Feueralarm. Bei ihnen fiel nämlich deswegen die gefürchtete Mathearbeit aus.

Elvira hat die zwei nun im Verdacht. Sie hält es für ihre Pflicht, den „Drei tollen Nullen" davon zu berichten.

Sie sitzen an Olafs Stammangelplatz an der Ichte.

Olaf angelt nicht. Die Ruhe dazu hat er jetzt nicht. Er guckt nur gedankenverloren auf das Wasser und kaut Pfefferminzkaugummi.

Oskar schnitzt an einem Stück Holz herum. Er versucht keine bestimmte Figur aus dem Holz zu schneiden. Er beschäftigt einfach nur seine nervösen Bastlerhände.

Olli liegt auf dem Rücken, die Arme hinterm Kopf verschränkt, das Gesicht der Sonne zugewandt. Sie bräunt sich. Das tut sie selten, denn bei ihren roten Haaren hat sie sehr sonnenempfindliche Haut. Aber jetzt will sie das Prickeln der Sonnenstrahlen spüren. Sie braucht Wärme. Energie. Mit geschlossenen Augen hört sie Elvira zu.

Oskar, der endlich einen Schuldigen haben will, um selbst entlastet zu sein, geht sofort bereitwillig auf den Verdacht ein. „Kalle und Luntrus. Kann gut sein. Den Großen trau ich alles zu. Die sind brutal genug. Der Luntrus hat mich einmal so in den Arsch getreten, daß ich fast vor ein Auto gefallen wäre."

Erschrocken sieht Elvira Oskar an.

„Vor ein parkendes Auto", ergänzt Olaf die Geschichte und stutzt sie damit auf das richtige Maß zurecht.

Jetzt guckt Elvira fast ein bißchen enttäuscht.

„Sie sind aber wirklich harte Burschen", betont Oskar.

„Ja", sagt Olli. „Im Umgang mit Jüngeren und Schwächeren. Ich glaube kaum, daß sie sich an ältere, stärkere Schüler herantrauen. Und an die Lehrer erst recht nicht. Wer hat denn bisher den Paukern das Leben schwergemacht, die oder wir?"

„Wir!“ rufen Olaf und Oskar gleichzeitig.

„Aber“, sagt Elvira, „jetzt habt ihr Konkurrenz bekommen.“

„Also, Kalle und Luntrus können es nicht gewesen sein. Zumindest ist keiner von ihnen der Boß, denn der ist zwei Köpfe kleiner. Er war nicht größer als ich. Er ist aus unserer Klasse oder wenigstens aus unserem Jahrgang. Er hat mindestens zwei andere Typen in seiner Bande und ...“ Olli federt hoch, reißt die Augen auf und lacht: „... und er hat eine Bißwunde an der Hand!“

Oskars Messer rutscht ab. Er schneidet sich in den Daumen der linken Hand, flucht und nuckelt dann am Finger.

„Wie konnten wir so blöd sein und das vergessen? Wer immer es war – ich habe ihn gebissen, und fragt nicht wie!“ Olli bleckt die Zähne, als müsse sie die Kraft ihrer Beißerchen unter Beweis stellen.

„T...T... Tho...“

„Seit wann stotterst du, Olaf?“ fragt Elvira.

„Thomas.“ Jetzt ist’s raus.

Olli springt auf die Beine. „Genau. Er hatte heute einen Gipsarm.“

„Er ist vom Fahrrad gefallen und hat sich den Arm gebrochen“, erklärt Elvira.

„Ja. Oder er verbirgt darunter nur eine zerbissene Hand.“

„Wie willst du das herausfinden, Olli?“

Oskar deutet mit seinem Schnitzholz einen Schlag an. „Ganz einfach.“

Elvira zuckt zusammen. Meint er das ernst? So kennt sie Oskar gar nicht. Angriffslustig, ja fast gemein, mit einem bösen Lächeln um die Lippen.

Mit einem einzigen Blick macht Olli klar, daß sie solche Geschichten nicht duldet.

Oskar nickt erleichtert. „Klar. Nicht ganz unser Stil."

Er hatte natürlich nicht im Ernst daran gedacht, den Gipsarm von Thomas einfach zu zertrümmern. Er wollte einfach nur vor Elvira den harten Mann spielen. Er wußte, Olli würde ihm mit einem Einwand die Peinlichkeit ersparen, die Drohung in die Tat umsetzen zu müssen.

Er ahnt ja nicht, daß er vor Elvira solche Angebereien sowieso nicht nötig hat, weil sie längst in ihn verliebt ist und solche Sprüche höchstens abschreckend findet.

„Was hast du vor? Willst du ihn bitten, den Gips mal kurz abzulegen?" fragt Oskar ironisch.

„Wir könnten den Arm auch röntgen, um zu sehen, ob er wirklich gebrochen ist", schlägt Olaf vor.

„Klar. Wir könnten uns auch Hamburger ans Knie nageln."

„Wir werden einen Weg finden."

„Hm. Das haben wir noch immer."

22

Als Nußbaum zu Hause mit dem neugespritzten Auto vorfährt, hofft er, ungesehen in der Garage verschwinden zu können. Aber weit gefehlt.

Ausgerechnet jetzt scheinen sich alle Nachbarn vor

6 4703-8

seinem Haus zu versammeln, um ihn zu begrüßen.

„Was ist hier los?“

Für einen Moment glaubt Nußbaum, daß die Leute gar nicht auf ihn warten, sondern auf eine hochgestellte Persönlichkeit. Zum Beispiel auf die Königin von England oder den Bundeskanzler. Die Menschen sehen ganz aufgeregt aus.

Nußbaum kombiniert: „Vielleicht ist der Kanzler zufällig vorbeigekommen, wollte mal guten Tag sagen und alles fürs Fest besprechen. Vielleicht hat er einen besonderen Salatwunsch oder ...“

„Dreh nicht völlig durch!“ flüstert Agathe Nußbaum und holt ihren Mann in die Wirklichkeit zurück.

Die beiden steigen aus, ignorieren die grinsenden Gesichter der Nachbarn und erkennen, warum hier so viele Menschen zusammengelaufen sind.

Von der Wiese steigen Dämpfe auf.

Irgendeine ätzende Flüssigkeit verbrennt den Rasen und hinterläßt eine kokelnde Spur. Es sind Buchstaben. Jeder gut einen Meter groß. Dort steht in den Rasen gebrannt!

FEIGLING

Aus dem zweiten I versucht verzweifelt ein Regenwurm zu entkommen. Im ersten G und im N sterben ein paar Käfer.

„Wer immer das war“, zischt Agathe Nußbaum, „er ist ein Umweltverbrecher. Man kann Olaf, Oskar und Olli wohl viel nachsagen, aber sie sind Umweltschützer, sie hätten so etwas niemals ...“

„Sei ruhig!“ pflaumt Nußbaum seine Frau an. Er kocht vor Wut. Die blauen Adern am Hals treten verdächtig pochend hervor.

23

Um den kranken Achim aufzuheitern, will Olaf ihm die Bilder von Nußbaums „Einbruch“ bringen. Und um ihn ein bißchen zu ärgern, die Hausaufgaben gleich dazu. Eigennutz ist auch dabei. Immerhin ist Achim der Klassenbeste. Wahrscheinlich kann Olaf die Hausaufgaben gleich mit ihm zusammen machen. Dann bräuchte Olaf seinen Denkapparat nicht zu sehr anzustrengen.

Welche ansteckende Krankheit Achim auch immer haben mag, Olaf fürchtet sich nicht davor. Er hat zwar Oskars neue Erfindung nicht in der Tasche, aber als er klein war, hat er alle „Kinderkrankheiten durchlitten“. Das behauptet zumindest seine Mutter. Also sei er immun. Lediglich eine Grippe könnte er sich einfangen. Dagegen hat er nichts einzuwenden. Er war schon lange nicht mehr krank und könnte mal wieder eine Woche zu Hause bei seinen Fischen und Büchern gut vertragen.

Olaf findet Grippe super. Von allen Krankheiten ist ihm eine ordentliche Grippe am liebsten. Da weiß man wenigstens, was man hat. Wenn man starke Medikamente dagegen nimmt, ist sie nach einer Woche vorbei. Ohne Medizin dauert sie sieben Tage. Man weiß, man wird nicht daran sterben, aber sie hält einem die Leute vom Leib. Man hat seine Ruhe und liegt im Bett oder geht spazieren, und die Welt dreht sich weiter.

Um sich seine letzte Grippe zu holen, mußte Olaf sich tierisch anstrengen. Er ging mit frisch gewaschenen Haaren an der kalten Luft spazieren. Ohne Erfolg.

Er badete kalt und stellte sich nackt in den Durchzug. Zwecklos.

Er nahm heiße und kalte Fußbäder. Vergeblich.

Er schlief ohne Decke und bei offenem Fenster. Auch das nützte nichts.

Alle bekamen in dem Winter die Grippe. Nur er nicht. Wahrscheinlich war er inzwischen so abgehärtet, daß er auch eine Polarnacht in Unterhosen überstanden hätte.

Zum Glück erlöste Olli ihn von seiner Pein. Mit einem Kuß, wie im Märchen. Sie hatte glasige Augen, war verschnupft und fiebrig. Sie steckte ihn an. Aus lauter Dankbarkeit versprach Olaf, sie auch anzustekken, falls es nötig sei.

Olaf klingelt. Es dauert eine Weile, dann öffnet Achims großer Bruder. Er ist strubbelig, hat einen breiten Brustkorb, und unter seinem T-Shirt zeichnen sich dicke Muskeln ab.

Boris macht seit zwei Jahren Bodybuilding. Er trainiert dreimal pro Woche und ißt nur fettarme, eiweißreiche Kost. Er will nämlich stärker werden als Arnold Schwarzenegger. Oder wenigstens stärker aussehen. Er hofft, dann beim Film eine Chance zu haben.

Achim nennt Bodybuilder gerne „die Männer mit den kleinen Köpfen“. Damit kann er seinen Bruder ganz schön ärgern. Denn so sehr ein Bodybuilder auch trainiert, der Kopf bleibt, wie er ist. Darum wirkt er immer kleiner, je kräftiger der Körper wird.

Krach kriegen möchte Olaf mit diesem Kerl nicht.

Boris ärgert sich darüber, daß er Boris heißt. Er hieß nämlich schon lange, bevor Boris Becker Erfolge feierte, so. Aber jetzt denkt jeder, er sei nach Boris Becker getauft. Dabei haßt er Tennis. Er nennt es abwertend Pingpong.

Boris will Olaf nicht hereinlassen. Die gespreizten Finger seiner rechten Hand hält er wie eine Straßensperre vor Olafs Gesicht. „Achim ist krank. Ansteckungsgefahr."

„Davor fürchte ich mich nicht."

„Er hat Scharlach. Bleib lieber draußen."

„Scharlach? Ist das gefährlich? Tut das weh?"

Boris zuckt mit den Schultern. „Keine Ahnung. Hab ich zum Glück noch nicht gehabt."

Olaf versucht, sich an Boris vorbeizudrängeln. „Dann sieh du lieber zu, daß du dich nicht ansteckst."

Verwirrt zeigt Boris auf sich selbst. „Ich? Mich?" Scheinbar hat er diese Möglichkeit bisher für sich noch gar nicht in Erwägung gezogen.

„Ja, glaubst du denn, Geschwister können sich nicht untereinander anstecken?" fragt Olaf ironisch. „Scharlach ist schädlich für den Muskelaufbau. Die ganze Eiweißsubstanz im Blut wird dadurch zerstört."

Boris weicht angewidert zurück, als könne er sich auch bei Olaf Scharlach holen.

„Stimmt das?" fragt er ungläubig.

„Klar!" lügt Olaf. Damit macht er Boris Angst.

„Und du traust dich zu ihm rein?"

Olaf nickt. „Ich hatte das als Kind. Mir kann nichts mehr passieren."

Olaf hebt die Arme, als würde er ein schweres Gewicht stemmen. „Sieh nur", lacht er, „meine Muskeln sind weg. So siehst du auch bald aus.“

Schon ist Olaf an Boris vorbei und steht vor der Tür zu Achims Zimmer. An der Tür hängt ein Zettel:

Bitte nicht stören.
Hier ringt ein Todkranker
mit dem Leben.

Olaf hat schon die Klinke in der Hand, da ertönt eine strenge Frauenstimme. Achims Mutter. „Wer ist da?“

Auch das noch! Ausgerechnet diese Spinatwachtel, denkt Olaf. „Ich bin es, Olaf Füller ...“, flötet er freundlich zurück.

„Was willst du?“

„Ich will Achim besuchen. Ich habe ihm etwas mitgebracht. Schöne Fotos und die Hausaufgaben.“

Erst jetzt erscheint die Mutter im Türrahmen. Sie hat eine Zigarette im Mundwinkel hängen und eine graue Raucherhaut. Ihre Augen wirken müde.

Boris wedelt gleich mit seinen großen Händen den Rauch in eine andere Richtung. Für ihn als Bodybuilder sind Raucher Selbstmörder.

Die Mutter mustert Olaf mit abschätzenden Blikken. Er gefällt ihr nicht. Sie versucht erst gar nicht, ihre Abneigung zu verbergen. „Du bist also der Angel-Olaf.“ Es klingt wie ein Vorwurf.

„Hm. So nennt man mich.“

Sie verzieht angewidert die Mundwinkel. Die Zigarettenasche fällt auf den Teppich. „Ich will dir gleich eines sagen: Du und deine komische Bande, ihr seid kein Umgang für meinen Sohn. Achim ist ein guter Junge. Anständig erzogen. Nicht so ein Rabauke.“ Sie hebt den Zeigefinger, wie Nußbaum es so gerne tut, und unterstreicht damit ihre Worte. „Er ist Klassenbester. Ich will nicht, daß er von irgendwelchen Rotzbengeln auf dumme Ideen gebracht wird. Kapiert?"

Mit Rotzbengel hast du wohl mich gemeint, du alte Schlampe. Guck dich nur selbst an, wie du dastehst und meckerst. Eine richtige Witzblattfigur bist du.

„Wenn ich Ihrem Sohn die Hausaufgaben bringe, wird er dadurch nicht gerade schlechter in der Schule werden", verteidigt er sich.

Die Mutter kommt einen Schritt näher und hebt die dünnen Arme wie eine Vogelscheuche. „Trotzdem. Herr Doktor Nußbaum, euer Direktor, hat auch gesagt, du und deine Freunde, ihr seid nicht der richtige Umgang für Achim – wenn später einmal etwas aus ihm werden soll."

Olaf stöhnt. Jetzt reicht es langsam. Nußbaum, dieser Trottel, mischt sich auch in alles ein. Er verschränkt die Arme vor der Brust. „Darf ich ihn nun sehen, oder nicht?"

Sie überlegt. „Sehen ja. Aber nur ganz kurz. Wenn er schläft, darfst du den armen Jungen nicht wecken. Die Hausaufgaben und dein Geschenk kannst du hierlassen."

„Wie großzügig von Ihnen."

Sie wackelt an Olaf vorbei und öffnet die Tür einen Spalt. „Pssst. Ganz leise. Er schläft."

Olaf kann nur einen kurzen Blick auf Achim werfen. Er hat die Augen geschlossen und ist bis zum Kinn zugedeckt. Neben seinem Kopfkissen ragt eine Antenne hoch. Daran glaubt Olaf ein kleines, schwarzes Radio zu erkennen.

Achims Gesicht hat rote Flecken. Vor dem Bett liegen seine Turnschuhe. Daneben steht ein Eimer. Wahrscheinlich für den Fall, daß Achim plötzlich erbrechen muß.

In Achims Schnarchen mischt sich Wimmern. Aus einem Lautsprecher knatscht eine undeutliche Stimme. Aus dem Zimmer kommt ein komischer Geruch. Nach Medikamenten, Krankheit und Chemie.

„Sie müßten mal wieder lüften", rät Olaf. „Sonst erstickt Ihnen Ihr Prachtsohn noch."

So spitz wollte er gar nicht sein. Aber er ist sauer auf Achims Mutter. Achim hingegen tut ihm leid. Nicht so sehr, weil er krank ist. Mehr wegen seiner lästigen Mutter. Es muß eine Strafe fürs Leben sein, so eine Mutter zu haben, denkt Olaf und freut sich jetzt wieder über seine Mutter, deren Qualitäten er manchmal im Alltagsstreß vergißt.

Die Hausaufgaben nimmt Olaf lieber wieder mit. So wie Achim aussieht, wären die Aufgaben nur eine zusätzliche Quälerei.

Die Mutter spricht Olaf, der schon in der Tür ist, noch auf das Geschenk an.

„Ach", sagt Olaf, „Geschenk ist übertrieben. Ich wollte ihm nur etwas zeigen. Etwas, das ihn vielleicht aufgemuntert hätte."

„Zeig es mir."

Olaf schüttelt den Kopf. „Ach nein, besser nicht. Das ist nichts für Erwachsene."

Jetzt hat er die Mutter neugierig gemacht. „Zeig schon her!"

„Nein."

„Warum nicht?"

„Darum."

Er spürt, daß sie am liebsten an ihm herumzerren würde. Aber er beeilt sich, aus der Wohnung zu kommen.

Armes Schwein, denkt Olaf. Kein Wunder, daß Achim immer und überall der Beste sein muß. Welch ein Streß! Immer brav sein, immer vorbildlich. Immer tun, was die Erwachsenen von einem erwarten. Immer gute Noten. Immer ordentlich gekämmt. Herrje, was für ein Leben!

Draußen an der frischen Luft merkt Olaf, daß er die ganze Zeit in der Wohnung nicht richtig durchgeatmet hat.

24

Thomas radelt pfeifend die Auguststraße entlang. Er lenkt lässig mit links. Sein rechter Arm baumelt in einem schwarzen Dreieckstuch vor seinem Bauch. Genauso ein Tuch trägt er auch noch als Schweißband um seine Stirn geknotet. Es verleiht ihm ein verwegenes Aussehen, glaubt er.

Thomas fährt das teuerste Mountainbike der Stadt. Ganz in Schwarz und Lila. Aber das Schwarz glänzt besser als Oskars silberne Radspeichen.

Trotzdem holt Oskar Thomas ein. „Na Alter, wie geht's?"

„Alles paletti."

„Fahren wir um die Wette?" schlägt Oskar vor.

„Warum nicht?"

„Ach nee", sagt Oskar, als hätte er es sich plötzlich anders überlegt, „besser nicht."

„Warum nicht?"

„Na, du mit deinem gebrochenen Arm hast doch keine Chance."

„Werden wir ja sehen. Ich fahre freihändig besser als du mit Hilfsmotor und Servolenkung."

Angeber, denkt Oskar. „Weißt du, Thomas, das Problem ist, wenn ich gegen dich gewinne, werden alle sagen: Kein Wunder, Thomas hatte einen gebrochenen Arm. Wenn ich aber verliere, ernte ich jede Menge Spott, weil du mich geschlagen hast, obwohl dein Arm gebrochen war. Ich bin also in jedem Fall der Doofe."

Thomas grinst: „Stimmt."

Wie zufällig radelt nun auch Olli heran. „Na, Thomas, geht es deinem Arm besser?"

„Alles halb so wild. Ein Indianer kennt keinen Schmerz!" tönt Thomas.

„Kannst du die Finger bewegen?" fragt Olli.

„Klar." Er zeigt es ihr.

„Tut das gar nicht weh, wenn der gebrochene Arm so hin und her baumelt? Ich meine, wir fahren immerhin über Kopfsteinpflaster."

Thomas zieht den Gipsarm aus dem Dreieckstuch, hält ihn über seinen Kopf und schwingt ihn wie eine Keule.

„Ich sagte doch: Eine Rothaut kennt keinen Schmerz."

„Du bist aber keine Rothaut!" faucht Oskar wütend. „Du kriegst höchstens einen Sonnenbrand auf der Nase, wenn du sie weiter so vorwitzig hoch trägst."

Thomas schaut verwundert. Er begreift nicht ganz,

warum Oskar so ärgerlich ist. „Was ist, mache ich Olli zu sehr an?“ fragt er Oskar. „Bist du eifersüchtig, oder warum bist du so sauer?“

Oskar will antworten, aber Olli holt so scharf Luft, daß er schweigt und ihr den Vortritt läßt.

„Du machst mich an? Glaubst du, deine blöden Sprüche könnten mich beeindrucken?“ Olli beantwortet ihre Frage gleich selbst. „Nein! Genausowenig wie dein teures Rad oder dein Piratentuch am Kopf. Weißt du, was ich denke?“

„N...nein.“ Erschrocken über den Zorn in ihren Augen, stottert er.

„Ich denke, daß dein Arm überhaupt nicht gebrochen ist.“

„Häh? Hast du nicht mehr alle Kugeln am Christbaum?“

„Du versteckst unter dem Gips lediglich einige tiefe Bißwunden.“

„Ach – und wer hat mir die zugefügt? Nachbars Lumpi oder ein Vampir?“

„Ich.“

„Du?“

„Ja. Du weißt es genau. An der alten Fabrik.“

Thomas sieht Oskar verständnislos an. Oskar stellt sein Rad quer, um Thomas die Flucht zu erschweren. Thomas muß anhalten. Er steigt ab, bleibt aber in Blitzstartposition. „Ich glaub, mein Goldfisch trägt ’nen Colt. Was soll das hier werden? Ein Verhör?“

„Du hast es geschnallt, du Ratte.“

Thomas beginnt, unter den Armen und unter dem Stirnband zu schwitzen. „Laß mich durch!“ fordert er Oskar auf.

„Ich will mir erst deine Hand genau ansehen!" faucht Olli.

Als gäbe es etwas zu verbergen, hält Thomas sich mit der Linken die Rechte fest.

„Zeig her!" befiehlt Olli mit drohendem Unterton in der Stimme.

„Nein. Ihr wollt mir weh tun."

„Allerdings!" brüllt Oskar, der Thomas längst für überführt hält. „Wenn du der Oberidiot der Schwarzen Unterhosen bist, dann ..."

„... dann habe ich höchstpersönlich noch ein Hühnchen mit dir zu rupfen!" fährt Olli kampfeslustig fort.

„Laßt mich in Ruhe!"

„Nein. Zeig erst deinen Arm her."

„Ich habe euch nichts getan."

„Das wollen wir ja gerade feststellen."

Plötzlich schlägt Thomas mit dem Gipsarm nach Oskar. Er trifft ihn am Bein. Oskar fällt sofort samt Fahrrad um. Thomas steigt in die Pedale. Der Vorderreifen bäumt sich in die Luft.

Olli bekommt Thomas' Pullover zu fassen. Sie krallt sich rein. Thomas startet durch. Er reißt Olli mit sich. Aber sie bleibt mit einem Bein an ihrem Rad hängen und knallt lang hin.

Ohne sich umzudrehen, jagt Thomas davon.

Schon ist Oskar wieder auf den Beinen und im Sattel. „Er ist es! Warte Bürschchen, gleich haben wir dich!" Er wischt sich mit dem Handrücken unter der schmerzenden Nase her. Sie blutet. Der Schmerz treibt Oskar die Tränen in die Augen, aber er nimmt trotzdem die Verfolgung auf.

Er legt sich so sehr in die Kurve, daß ein Pedal am

Bordstein entlangratscht. Fast stürzt er erneut. Fast.

Olli rafft sich auf. Die Hautabschürfungen an den Innenflächen ihrer Hände tun weh. Sie pustet hinein. Ihr Knie ist aufgeschlagen. Die Lieblingshose gerissen. Damit erhöht sich Thomas' Schuldenkonto bei Olli erheblich.

Sie beißt die Zähne zusammen. Dann hebt sie ihr Rad auf und schwingt sich in den Sattel wie der Schwarze Rächer auf seinen Hengst.

So kommt es jedenfalls Thomas vor, der vor Ollis Wut viel mehr Angst hat als vor Oskars Fäusten. Von Oskar hat er höchstens ein blaues Auge zu erwarten, denkt er. Aber Mädchen beißen, kratzen, treten. Welches Mädchen läßt sich schon auf einen soliden Boxkampf ein? Olli bestimmt nicht.

Schon überholt Olli Oskar. Seine Gangschaltung klemmt. Er kann nicht schnell genug höherschalten. Er steht über den Lenker gebeugt, den Hintern in die Höhe gereckt und strampelt mit aller Kraft.

„Auf unserem Monsterfahrrad hätten wir dich schon!“ flucht Oskar. Damit hat er vermutlich recht, aber gegen Thomas' Zwanzig-Gang-Schaltung kommt er mit seinen fünf Gängen nicht an.

Olli hat nur drei Gänge und ihre Wut. Die zählt für gut siebzehn zusätzliche Gänge, denn schon ist Olli nur zwei Meter hinter Thomas. Sein Kopf liegt schon fast auf dem Lenker, um noch windschnittiger zu werden. Trotzdem spürt er Olli immer näher kommen. Er riskiert einen Blick nach hinten. Er weiß nicht, was ihm größere Furcht einjagt: ihre Nähe oder ihr wutentbranntes Gesicht.

Sie rasen bergab auf die Kreuzung zu.

Oskars Tachonadel kann die Geschwindigkeit nicht mehr anzeigen. Sie geht nur bis sechzig.

Die Ampel springt von Grün auf Gelb.

Thomas sieht darin seine Chance. Den Mut, anzuhalten und auf Grün zu warten, hat er nicht. Das Hupen der Autos dröhnt bis in seinen Magen. Eine Gänsehaut vom Nacken bis zu den Hacken jagt über seinen Körper. Für einen Moment fürchtet er, es nicht zu schaffen. Das Quietschen der Reifen neben ihm ist wie ein schwerer Peitschenhieb, der knapp danebengeht. Er kneift die Augen zu.

Er traut sich kaum, sie wieder zu öffnen. Aber natürlich wagt er genausowenig, mit geschlossenen Augen weiterzufahren. Er blinzelt. Riskiert einen Blick. Er hat die Kreuzung hinter sich gelassen und überlebt. „Uff."

Aber da – er traut seinen Augen nicht – taucht Olli neben ihm auf.

Sie ist nicht bei Rot über die Kreuzung gerast. Dafür hängt sie zu sehr am Leben. Sie hat einfach den Fußgängerüberweg benutzt, denn als die Autos schon Rot hatten, war für die Fußgänger noch Grün. Der Umweg kostete sie keine zwei Sekunden.

Olli schnauzt ihn an: „Bist du völlig verblödet? Ich hab dir doch nur in die Hand gebissen und nicht ins Gehirn geschissen! Du könntest jetzt tot sein!"

Als Antwort schlägt Thomas mit dem Gipsarm nach Olli. Er trifft sie nicht. Es ist auch kein gezielter Schlag. Er wedelt mehr mit dem Gipsarm, als wolle er Fliegen vertreiben.

Olli versucht erneut, seinen Pullover zu fassen. Sie fährt links neben Thomas her.

Oskar holt jetzt rechts auf. Sein Vorderrad ist schon auf gleicher Höhe mit Thomas' Hinterrad. Um auf sich aufmerksam zu machen, klingelt Oskar. Blitzartig reißt Thomas sein Rad nach rechts und stößt dabei Oskar um.

Von ihm hört man nur noch „Scheiii..." Die letzte Silbe kriegt er nicht raus, da er wieder auf der Straße landet. Diesmal schürft er sich die Ellenbogen auf. Dann steht er über seinem Rad. Der Lenker ist verbogen und zwei Speichen sind geknickt. Vorne pfeift Luft aus dem Schlauch. Außerdem hat das Rad einen Achter.

Mit geballten Fäusten schreit Oskar: „Jetzt reicht es, Thomas! Ich mach Fischfutter aus dir!" Mit einem Ruck wuchtet Oskar sein Rad auf den Bürgersteig und setzt die Verfolgung zu Fuß fort. Das ist längst nicht so aussichtslos, wie es sich anhört, denn zwei Skater, Daniel und Markus, sausen auf Oskar zu.

Sie kennen und bewundern den großen Erfinder.

„Na, Oskar, hast du endlich ein Skateboard ohne Räder erfunden?" scherzt Daniel und läßt sein Neonbrett hochfliegen. Gekonnt lässig will er es mit einer Hand fangen. Das hat er tausendfach geübt. Es sieht großartig aus und vor allen Dingen total cool. Aber diesmal klappt es nicht.

Oskar schnappt ihm das Brett vor der Nase weg. Jetzt steht er drauf. „Du bekommst es zurück! Ich leih es mir nur!"

„Ja, aber ..."

Markus stupst seinen Freund an. „Die verfolgen den Typen da. Sieh nur, Olli hat ihn gleich."

„Und was redest du dann noch? Nix wie hinterher!"

„Wo Olli und Oskar sind, kann Olaf nicht weit sein."
„Wenn man vom Teufel spricht ..."

Olaf kommt von Achim. Gedankenverloren radelt er nach Hause. Er träumt von einem Zander. Gut einen Meter lang. In der Ichte soll ein Zanderpärchen abgelaicht haben. Mit Zitrone und zerlassener Butter schmecken Zander köstlich. Gern würde Olaf seine Angel noch ein bißchen ins Wasser halten. Zander sind Raubfische. Mit ihren scharfen Zähnen reißen sie kleine Rotaugen, junge Schleien und manchmal sogar kleine Frösche. Olaf will ein gelbes Plastikfischchen am Haken durchs Wasser ziehen, bis der Zander versucht, es zu verspeisen. Seine Gier bringt ihn dann von selbst in die Pfanne.

Sein Wunschtraum zerplatzt wie eine Seifenblase, als er Thomas, Olli und Oskar auf sich zurasen sieht. Er erfaßt die Situation sofort. Es ist eine Aufholjagd.

Warum Oskar vom Rad aufs Skateboard umgestiegen ist, weiß Olaf nicht. Jedenfalls macht sich Oskar darauf ganz gut.

Jetzt kommt wieder Kopfsteinpflaster, und Oskar wirkt mehr wie ein Wellenreiter als ein Skater.

Thomas hat nun keine Chance mehr. Sie haben ihn in der Zange. Olaf steuert geradewegs von vorne auf ihn zu.

Ein Autofahrer zeigt ihnen den Vogel, aber davon kriegen sie nichts mit. Sie sind zu sehr mit sich selbst beschäftigt.

Olli packt Thomas am Pullover und zieht ihn lang.

Oskar hängt sich an die Satteltasche.

Olaf stellt sein Rad quer und versperrt jeden weiteren Fluchtweg.

Thomas will nicht einsehen, daß er verloren hat. Er brettert voll auf Olaf los. Er hofft, Olaf würde im letzten Moment ausweichen, um einen Zusammenstoß zu vermeiden.

Doch Olaf denkt das gleiche von Thomas. Wer so ein teures Mountainbike fährt, setzt es nicht leichtfertig aufs Spiel, schießt es Olaf durch den Kopf.

Irrtum.

Die Räder krachen gegeneinander. Thomas fliegt über seinen Lenker und über Olafs Rad. Instinktiv reißt er die Arme vors Gesicht.

Oskar schlägt mit dem Kopf gegen die Satteltasche. Olaf wird unter seinem Stahlroß begraben. Nur Olli läßt rechtzeitig los und bremst ab – ihr passiert nichts.

Während die Jungen – plötzlich friedlich geworden – sich durch das Gewirr von Speichen, Lenkstangen und Radgestellen wühlen, bedauert Olli, daß in ihrer Satteltasche zwar Flickzeug für Reifen auf den Einsatz im Notfall wartet, aber kein Verbandszeug. Nicht einmal ein kleines Pflaster.

Soll sie ihren verletzten Klassenkameraden nun Gummidreiecke auf die Schürfwunden kleben?

Da sieht Olli etwas, das ihr die Schamröte ins Gesicht treibt: Thomas' Gipsarm ist aufgeplatzt. Beide Hälften liegen aufgeklappt und nur durch dünne Fäden verbunden im Rinnstein. Thomas' nackter Unterarm ist weiß gepudert. Darunter glänzt eine rötliche Farbe. Olli kennt das Mittel. Es ist Jod, mit dem man Wunden desinfiziert. An Thomas' Hand ist nicht die geringste Spur von Bißwunden zu erkennen. Wer auch immer Olli nachts an der alten Fabrik in Angst und Schrecken versetzt hat: Thomas war es jedenfalls nicht.

7 4703-8

In Ollis Scham und Mitleid mischt sich auch die Frage: Warum ist der Blödmann geflohen?

Thomas richtet sich als erster wieder auf. Er heult zwar, aber er steht und bereitet sich darauf vor, mit einer Hand gegen seine drei Widersacher zu kämpfen. „Drei gegen einen ist unfair!" ruft er noch.

Aber da wird er bereits von Oskar angegriffen. „Bin ich drei?" faucht Oskar und springt Thomas an. Er nimmt ihn in den Schwitzkasten und drückt zu.

„Nein!" ruft Olli. „Nicht!"

Oskar sieht auf. „Nicht?"

„Nein. Laß ihn los."

Zynisch fragt Oskar zurück: „Was hast du vor? Sollen wir ihm ein Eis spendieren, oder was? Gerade warst du noch stocksauer auf diese Schweine von der ‚Schwarzen Rose', und jetzt soll ich ihren Boß laufen lassen?"

„Ja. Ich meine, nein."

„Ist deine Birne beim Sturz matschig geworden, oder was?"

„Er ist es nicht. Guck dir doch seine Hand an."

„Häh? ... Tatsächlich!" Sofort läßt Oskar Thomas los.

Thomas federt hoch und springt ungläubig ein paar Schritte zur Seite. Er kann es nicht fassen, daß jetzt alles vorbei ist. Er rechnet damit, die Prügel seines Lebens zu bekommen. Er weiß nur nicht, wofür.

„Vielleicht hilft mir mal einer?" jammert Olaf. Er liegt noch immer auf dem Rücken, das rechte Bein klemmt zwischen den Speichen.

Olli und Oskar befreien ihren Freund vorsichtig.

Thomas zieht sein Rad auf den Bürgersteig.

Eine Frau mit Einkaufstüte fragt fürsorglich: „Habt ihr euch weh getan?"

„Ach was, wie kommen Sie denn da drauf?" fragt Olli zurück.

Ein älterer Herr schlägt vor, die Polizei zu rufen. Ein anderer verkündet, daß „diese Blagen", wenn sie seine Kinder wären, mit Ohrfeigen zu rechnen hätten.

Oskar durchbohrt ihn mit einem giftigen Blick. Der Mann verzieht sich.

Olaf kommt auf die Beine. Er humpelt zwar noch, aber er weiß: das wird nicht lange dauern. „Mein Rad ist hin", stellt er sachlich fest.

„Meins auch", sagt Thomas trocken. Sein Stirnband rutscht schlaff herab.

„Ich ..., ich repariere die Kisten schon wieder", verspricht Oskar.

„Prima." Für Olaf ist die Sache damit erledigt. Oskar kann aus einem kaputten Fahrrad leicht zwei Radios machen, ein Videogerät, einen Vogelkäfig oder ein neues Rad. Letzteres wäre Olaf am liebsten.

„Meins auch?" fragt Thomas mißtrauisch. Das Stirnband hängt jetzt vor seinem rechten Auge. Er schiebt es hoch.

Oskar sieht Olli an.

Olli nickt und zwinkert Oskar zu.

„Klar", sagt Oskar. „Deins auch. Immerhin war das hier nur ein Mißverständnis. Wir dachten, du seist der Boß der ‚Schwarzen Rose'."

„Bin ich aber nicht. Ich dachte, ihr seid die ‚Schwarze Rose'."

„Das wüßten wir."

Thomas untersucht sein Rad. Dabei rutscht das

Stirnband wieder herunter. Diesmal über beide Augen. Blind sagt er: „Die Gangschaltung ist auch hin."

„Macht nichts. Ich bau dir eine bessere ein."

Olli bindet Thomas das verrutschte Stirnband neu. Mit einer Hand kann er das schließlich nicht.

Er schämt sich fast, weil er Hilfe braucht. Die Berührungen von Ollis Fingerspitzen an seinem Kopf verunsichern ihn. Ja, wenn sie versucht hätte, ihn zu ohrfeigen, damit wäre er leichter klargekommen. Schläge einzustecken ist für Thomas natürlicher als Hilfe anzunehmen. Hoffentlich, denkt er, streichelt sie mich nicht noch.

Da macht sie es schon.

Mist, jetzt kriege ich auch noch einen roten Kopf.

Sie hört gar nicht auf, ihn zu streicheln. Olaf und Oskar gucken schon ganz eifersüchtig.

„Wir müssen dich um Entschuldigung bitten", säuselt Olli. „Das alles ist uns unheimlich peinlich. Wir haben dir schrecklich Unrecht getan. Tut es noch sehr weh?"

„Schon viel besser", raunt Thomas.

„Ich ..., ich hab mir auch ganz schön weh getan!" meldet Olaf sich.

Olli beachtet ihn gar nicht.

„Warum", nörgelt Oskar plötzlich los, „warum bist du überhaupt abgehauen, häh? Im Grunde bist du doch selber schuld."

„Ich ..., ich hatte Angst vor euch", gesteht Thomas.

„Angst?"

„Ja. Ich dachte: jetzt schlagen sie mich zusammen."

„Aber", wendet Olli ein, „wir sind doch keine Schläger."

Thomas nimmt Abstand, mustert abschätzend die „Drei tollen Nullen". „Na, dann schaut euch mal genau an. Ihr seht aus wie wild gewordene Großstadtindianer auf Kriegspfad. Ihr jagt einen Jungen mit Gipsarm quer durch die Stadt ..., ihr ..."

„Schon gut!" winkt Oskar ab. „Am besten bringen wir dich jetzt zum Arzt. Du brauchst einen neuen Verband."

„Und ich? Was ist mit mir?" meldet sich Olaf. „Vielleicht habe ich eine Gehirnerschütterung?"

„Ist ja gut", beschwichtigt ihn Olli. „Du kommst gleich mit zum Arzt."

Thomas lacht schon wieder. Wenn nur sein Rad repariert wird, ist alles halb so schlimm.

„Zur Entschädigung", verspricht Olli, „darfst du einen herrlichen Spaß miterleben. Wir legen den Direx nämlich gerade ganz furchtbar rein."

„Nußbaum?" fragt Thomas, als wüßte er nicht mehr, wer an der Graf-Bischoff-Schule Direktor ist.

Die „Drei tollen Nullen" schmunzeln.

Thomas schluckt. Er ringt mit sich. Aber dann stellt er doch die entscheidende Frage: „Habt ihr den Stein durch sein Wohnzimmerfenster geworfen?"

Wie aus einem Mund antworten die drei: „Nein."

„Und wir haben auch Wirsings Werkstatt nicht unter Wasser gesetzt", ergänzt Olli.

„Und mit Lohmanns Autopanne haben wir auch nichts zu tun."

„Wißt ihr", gesteht Thomas, „ich habe auch geglaubt, daß ihr die ‚Schwarze Rose' seid."

„Sind wir aber nicht. Wir sind die ‚Drei tollen Nullen'," rufen sie gleichzeitig.

25

Der Gips an Thomas' Arm trocknet bereits. Olaf ist auch verarztet. Oskar hat Limo und Chips besorgt. Die vier haben den Ärger und die Stürze schon fast vergessen.

Sie sitzen in Ollis viel zu kleinem Zimmer. Sie hat ein Bett, einen winzigen Schreibtisch, das heißt, es ist nur eine Holzplatte auf Kisten, und einen alten Bürostuhl. Das Wertvollste im Zimmer sind die Poster an den Wänden und das alte Nachttischchen. Ein Erbstück.

Olli thront im Schneidersitz (den sie „Lotussitz" nennt) auf dem Bett. Olaf, Oskar und Thomas sitzen davor auf dem Boden und staunen sie an. So hat sie es gerne. Sie möchte bewundert werden. Besonders von den Jungen.

Ja, genau so sollen sie aussehen. Augen und Ohren weit aufgerissen. Den Mund leicht ungläubig geöffnet. Es ist nicht nötig, daß ihnen gleich der Speichel heruntertropft. Aber wenn es sein muß ...

Vor sich auf dem Bett hat Olli das Telefon stehen. Sie drückt auf die Lautsprechertaste, damit alle das Gespräch mithören können.

Thomas hat hochrote Ohren. Immer wieder fährt er sich mit den Fingern nervös durch die Haare und murmelt: „Das gibt es nicht. Das kann nicht wahr sein."

Olaf stupst ihn an. „Psst, sei leise. Du´verdirbst sonst noch alles."

Oskar zerdrückt eine Handvoll Chips im Mund. Dann wagt er kaum, weiterzukauen. Das Gespräch geht dem Höhepunkt entgegen.

26

Nußbaum steht in seiner langen Unterhose vor dem Telefon stramm. Er war gerade dabei, sich für die Gartenarbeit umzuziehen, als das Telefon klingelte.

Bronko, sein dicker weißer Pudel, hockt brav zu seinen Füßen und schaut ebenso interessiert zu Herrchen auf wie Olaf, Oskar und Thomas zu Olli.

„Was wünscht der Herr Bundeskanzler?" fragt Nußbaum ungläubig in den Hörer.

„Eine Geschmacksprobe", antwortet Frau Dr. Marianne Benzinger ganz selbstverständlich. „Sie wissen doch sicher, Herr Direktor Nußbaum, wie gründlich unser Bundeskanzler ist. Er kümmert sich um alles selbst. Natürlich will er, daß es ein schönes Fest wird. Alle Menschen sollen es in guter Erinnerung behalten. Ja, und da spielt das Essen eine wichtige Rolle. Ist das Fleisch zu fett, der Wein sauer, die Suppe versalzen, gleich sinkt die Stimmung."

„Meine Frau macht Salate."

„Richtig. Rheinischen Heringssalat, Tomatensalat mit Artischockenherzen und einen Waldorfsalat. Das ist eine ganze Menge. Aber da Ihre Frau noch nie für unseren Bundeskanzler gekocht hat, möchte er morgen eine Geschmacksprobe machen."

„Herrje, morgen schon?"

„Ja. Der Herr Bundeskanzler und einige Regierungsmitglieder sind nämlich auf der Durchreise nach Bonn. Warten Sie mal, ich habe hier die Liste. – Ja, sag ich doch. Einige Minister sind auch dabei. Der Außenminister – falls er nicht kurzfristig nach Washington muß – der Finanzminister und der Herr Innenminister. Aber Herr Doktor Nußbaum, die Sache ist geheim. Die Presse soll nichts von dem kleinen Imbiß bei Ihnen erfahren. Ab und zu müssen die Herren ja auch mal eine Gelegenheit haben, sich ohne Reporter in Ruhe zu unterhalten."

Nußbaums Knie werden weich.

Bronko bellt. Nußbaum tastet nach hinten, findet keine Sitzgelegenheit und macht es sich zum ersten Mal in seinem Leben auf dem Teppich bequem.

Als Agathe Nußbaum ihren Mann in Unterhosen auf dem Boden telefonieren sieht, ahnt sie gleich, daß etwas Furchtbares geschehen sein muß. Ein Todesfall vermutlich. So blaß, wie er aussieht, kann es gar nicht anders sein.

„Herr Direktor Nußbaum, warum sagen Sie denn nichts? Paßt es Ihnen etwa nicht?"

„Doch ... doch ... Es ist mir eine Ehre ... Ich bin nur ... ganz verwirrt."

„Dann ist es ja gut. Wissen Sie, Sie leisten damit auch einen spürbaren Beitrag zur Entlastung der Staatsfinanzen."

„Ich? Wieso?"

„Na, Herr Doktor Nußbaum, überlegen Sie doch mal. Wenn die hohen Herren in einem Restaurant essen, zahlt alles die Staatskasse. So zahlen Sie es."

„Ach ja. Natürlich. Wie schön."

„Paßt es Ihnen vielleicht doch nicht? Ihre Stimme hört sich so komisch an. Ich kann die Regierungswagen auch umleiten. Wir haben da noch ein Angebot aus ..."

„Nein!" unterbricht Nußbaum. „Nicht nötig. Es wird alles für den Herrn Bundeskanzler und die Minister bereitstehen."

Agathe guckt ungläubig auf ihren Mann.

„Ach, und dann noch etwas. Herr Doktor Nußbaum. Der Innenminister trinkt vor dem Essen immer gern einen Schnaps. Einen Obstler. Aber nicht zu kalt. Am besten Zimmertemperatur."

Nußbaum deutet seiner Frau mit Gesten an, daß sie etwas zu schreiben bringen soll. Er hat das ungute Gefühl, die Liste wird noch etwas länger, und er will nichts vergessen oder falsch machen. „Schreib, Agathe: Einen Obstler für den Innenminister."

„Zimmertemperatur!" sagt Frau Dr. Benzinger streng.

„Natürlich. Zimmertemperatur", bestätigt Nußbaum.

„Der Bundeskanzler trinkt nach dem Essen Ostfriesentee mit weißem Kandis und einem Schuß Sahne. Der Tee soll höchstens drei Minuten ziehen, sonst macht er den Herrn Bundeskanzler zu müde."

„Schreib, Agathe: Ostfriesentee. Drei Minuten. Kandis. Sahne."

„Weißen Kandis!" betont Frau Dr. Benzinger. „Weißen."

Agathe tippt sich demonstrativ gegen die Stirn, schreibt aber mit.

„Der Außenminister – falls er kommt – trinkt zum

Essen ein schlichtes Bier. Vorher einen Sherry, aber cream."

„Bier. Sherry cream!" diktiert Nußbaum.

„Ja, und später kommen wir ja dann zur Weinprobe. Es wäre nett, wenn Sie dazu einige Käsehäppchen und Cracker reichen könnten."

„Keine Salzstangen?" fragt Nußbaum irritiert über so viel Bescheidenheit.

„Doch. Gute Idee. Der Bundeskanzler liebt Salzstangen."

„Dachte ich mir."

Agathe kommt nicht schnell genug mit. Nußbaum reißt ihr das Schreibzeug aus der Hand und notiert selber weiter.

„Ich glaube, das wär's."

Wieder bellt Bronko.

„Ach ja, halt. Der Hund muß natürlich weg."

„Weg? Wie, weg?"

„Na, unser Bundeskanzler liebt zwar Tiere, aber der Fahrer des Innenministers ist allergisch gegen Hundehaare."

„Fahrer? Kommen die etwa auch?"

„Aber natürlich! Dachten Sie, die Regierungsmannschaft kommt auf Fahrrädern? Sie sind aber auch ein Scherzbold, Herr Doktor Nußbaum."

„... und ... essen die auch alle hier?"

„Ja. Aber in einem anderen Raum bitte. Mit den Leibwächtern. Für die Herren nur Cola und Wasser. Auf keinen Fall alkoholische Getränke."

„Klar. Auf keinen Fall."

„So, das wär's. – Bis auf eine Kleinigkeit."

„Kleinigkeit? ... Soso."

„Ja. Völlig unproblematisch. Sie sollten nur darauf vorbereitet sein: Der Bundeskanzler macht nach dem Essen gern ein Nickerchen."

„Ein Nickerchen?"

„Ja. Da wird sich doch in Ihrem Haus bestimmt ein stilles Plätzchen finden, oder nicht?"

Nußbaum kratzt sich die Kopfhaut. „Ja. Er kann in unserem Schlafzimmer sein Nickerchen machen."

„Sie sind wirklich sehr entgegenkommend, Herr Doktor Nußbaum. Wenn alles gut klappt, kommt der Herr Bundeskanzler vielleicht öfter."

Nußbaum schluckt schwer.

Bronko bellt voller Vorfreude. Er ahnt noch nichts von seinem Schicksal.

26

„Ich schrei mich weg!" brüllt Thomas und rollt über den Teppich. Olli legt gerade noch rasch genug auf, um zu verhindern, daß Nußbaum Thomas hört.

Oskar hat die meiste Zeit über seinen hochroten Kopf in Ollis Bettdecke gedrückt, um sein Lachen abzudämpfen. Seine Finger krallen sich in Ollis Matratze, und obwohl er vor dem Bett kniet, klopft er mit den Füßen einen Trommelwirbel auf den Boden.

Olli zieht seinen Kopf an den Haaren hoch. Dabei reißt Oskar die Decke mit, in die er sich verbissen hat.

Olaf konnte während des Gesprächs seine Atmung unter Kontrolle halten. Aber jetzt platzt er los und kugelt sich über den Teppich. „Hahaha! Olli, du bist die

Größte! Hohohoho. Ich wäre fast erstickt, so sehr hab ich die Luft angehalten."

„Nußbaum ist eben total bescheuert. Nur der letzte Idiot würde auf so einen Blödsinn hereinfallen!" kichert Thomas.

„Glaub ich nicht", sagt Olli. „Das wäre vielen anderen genauso passiert. Die Leute glauben, was sie glauben wollen. Das kenne ich vom Zaubern. Nußbaum wünscht sich seit Jahren Anerkennung für seine Arbeit und bekommt sie nicht. Wenn nun der Bundeskanzler seine Arbeit toll findet, glaubt Nußbaum, das sei der lang verdiente Erfolg."

„Aber ...", rätselt Olaf, „warum läßt er das alles mit sich machen?"

„Weil er doof ist!" lacht Thomas.

„Ich denke, er kann einer hochgestellten Persönlichkeit gegenüber nicht nein sagen."

„Sag ich doch, er ist eben doof."

„Er empfindet es als Auszeichnung, von ein paar Ministern ausgenommen zu werden. Die Herren könnten ja, wenn er etwas falsch macht, ihm die Gunst entziehen und jemand anders besuchen."

„Oh, das wäre aber schlimm für Nußbaum."

„Wie soll die Sache eigentlich weitergehen?" fragt Thomas. Er ist für seine Unannehmlichkeiten schon fast entschädigt. Aber er will auf keinen Fall verpassen, was als nächstes passiert. Im geheimen rechnet er sogar damit, daß Olli einen Dreh finden wird, die halbe Regierungsmannschaft zu Nußbaum zu schicken. Ihr traut er inzwischen alles zu.

„Statt an dem Streich zu arbeiten, sollten wir lieber überlegen, wie wir die ‚Schwarze Rose' schnappen."

„Das ist kein Streich, Olaf. Das ist schon ein Kunststück."

„Trotzdem. Die Typen dürfen nicht ungeschoren davonkommen."

Olli nickt heftig. „Wer weiß, was als nächstes passiert, wenn wir sie nicht packen."

Olaf lehnt nun mit dem Rücken zur Wand. Er hat die Beine weit von sich gestreckt und bohrt in der Nase.

„Glaubst du, dort oben die Wahrheit zu finden?" fragt Olli bissig.

„Wenn er noch tiefer bohrt, kommt er ins Gehirn", freut sich Oskar.

„Ich habe nur gerade überlegt", sagt Olaf, „was wir machen, wenn wir herausfinden, wer hinter der ‚Schwarzen Rose' steckt."

„Dann freuen wir uns", grinst Oskar. Er ist im Moment noch nicht ganz bereit, sich durch Probleme aus der heiteren Stimmung bringen zu lassen. In ihm tobt noch die Freude über den Scherz mit Nußbaum, und diese Freude ist lebensfroh. Sie weigert sich, anderen – schweren – Gedanken und Gefühlen Platz zu machen.

„Im Ernst", sagt Olaf, „was machen wir dann? Verpfeifen wir sie?"

Ratlos sehen sie sich an.

„Ich habe noch nie jemanden verpfiffen."

„Ich auch nicht."

„Ich auch nicht."

„Ja, denkt ihr, ich?" empört sich Thomas.

Olli weiß genau, was sie will. „Wenn ich den Boß kriege, knall ich ihm eine. Wir haben noch eine Rechnung offen."

„Damit ist das Problem nicht gelöst, denn man verdächtigt uns. Da kommen wir nur raus, wenn die wirklichen Täter entlarvt werden. Aber wenn wir das tun, stehen wir als blöde Petzen da."

„Als Verräter."

„Als Nußbaums Hilfssheriffs."

Olaf nimmt die Limoflasche. Es ist nicht mehr viel drin. Er leert sie mit einem Zug. Beim Trinken hat er die entscheidende Erkenntnis. Er verschluckt sich fast. Ihm geht ein Licht auf. Es ist gleich ein ganzer Kronleuchter. Er setzt die leere Flasche ab, öffnet den Mund und wartet auf einen gigantischen Rülpser. Er kommt. Damit hat Olaf gleich die Aufmerksamkeit aller auf sich gezogen.

Seine Stimme klingt hell, ja piepsig, als er anhebt: „Ich war doch bei Achim einen Krankenbesuch machen ..."

„Genau, der war es!" ruft Oskar. Ihm ist inzwischen jeder recht.

Olli tippt sich an die Stirn. „Ausgerechnet der."

„Seine Mutter und sein Bruder haben mich gar nicht bis zu ihm gelassen. Aber ich habe ihn immerhin gesehen."

„Hast du auf seine Hände geachtet?" fragt Oskar. Seine Augen glänzen vor Aufregung.

Olli bleckt die Zähne, als ob sie am liebsten noch einmal zubeißen würde.

„Konnte ich nicht. Er war ja bis zum Kinn zugedeckt. Seine Hände lagen unter der Decke, nicht darüber."

„Sag ich doch: Der war es. Ganz klar", triumphiert Oskar.

Thomas wird total sauer. Er steht auf und baut sich

groß vor Oskar auf. „So schnell geht das bei euch, ja? Hände unter der Decke – schuldig! Hoffentlich wirst du nie Richter!"

„Wartet doch mal, hört auf zu zanken", fordert Olaf. „Da ist noch etwas. Ich habe es sofort gesehen, aber jetzt wird es mir erst klar. Neben seinem Kopf lag kein kleines Radio. Das war ein Walkie-talkie. Ein Funksprechgerät."

Oskar pfeift durch die Lippen, ohne die Finger dabei zu benutzen. „Es könnte also sein, daß Achim seine Bande – falls er der Chef ist – vom Krankenbett aus dirigiert. So hätte er gleichzeitig ein Alibi, denn was auch passiert, seine Mutter wird beschwören, daß ihr Sohn das Bett nicht verlassen hat. So ist er über jeden Verdacht erhaben."

Trotzig zischt Thomas: „Ein Funkgerät sagt gar nichts. Ich habe auch eins. Bin ich deswegen der Boß der ‚Schwarzen Rose'?"

Unbeirrt fährt Olaf fort. Thomas setzt sich wieder. Olli spendiert ihre letzten Gummibärchen. Sie hatte sie im Nachttischchen versteckt. Die Tüte ist verklebt.

„Es roch doch so komisch in seinem Zimmer."

„Na und?" geht Thomas gleich wieder hoch.

„Vielleicht stand vor seinem Bett gar kein Kotzeimer ...", orakelt Olaf.

„Sondern?"

„Vielleicht war darin der Rest von dem Zeug, mit dem sie ‚Feigling' in Nußbaums Rasen geätzt haben."

„Es wird immer blödsinniger", ereifert sich Thomas.

„Wieso? Sie mußten des Rest irgendwie loswerden. Was soll er damit tun? In den Ausguß kippen? Vielleicht zerfällt der dann zu Staub. Aus dem Fenster schütten? Dann verdorren draußen die Blumen. Es wäre ein schreiender Beweis für seine Verwicklung in die Sache."

„Stimmt", gibt Thomas ihm recht.

„Das sind doch alles keine Beweise."

Ollis Stimme hört sich an, als hätte sie eine Entscheidung getroffen. „Wir müssen seine Hände sehen."

„Klar", spottet Thomas, „am besten brecht ihr ein und zieht ihm die Decke weg."

„Gute Idee", meint Olaf. „Aber seine Mutter wird uns sicher nicht zu ihm lassen."

„Warum, ist er so krank?"

„Nein. Sie kann uns nicht leiden. Nußbaum sagte ihr, wir seien kein Umgang für ihren Sohn." Olaf denkt laut nach: „Ich glaube nicht, daß Achim es ist. Er wollte vor kurzem noch Mitglied bei uns werden. Die vierte ‚Tolle Null'."

Thomas glaubt, einen guten Vorschlag zu machen, als er sagt: „In ein paar Tagen ist er bestimmt wieder gesund. Wenn er in die Schule zurückkommt, stellen wir ihn zur Rede."

Olli ist außer sich. Sie atmet in hektischen, kurzen Stößen ein und aus. „Bis dahin ist auch seine Bißwunde verheilt. Nein, wir müssen jetzt Gewßheit haben. Sofort."

Olaf gibt sofort jeden Widerstand auf, denn er weiß, wenn Olli sich etwas in den Kopf gesetzt hat ...

27

Nußbaum will gleich mit dem Staubsaugen anfangen. Alle Hundehaare müssen radikal beseitigt werden. Außerdem müssen die Fenster geputzt und die Bücherregale abgestaubt werden.

Überhaupt, die Bücherregale! Nußbaum will noch ganz in Ruhe alle Bücher aussortieren, an denen die Minister Anstoß nehmen könnten. Er hat zum Beispiel einen Gedichtband von einem jungen Schriftsteller im Regal. Seine Verse sind ganz gut, aber was er sonst noch so sagt und tut ... Letztes Jahr hat er – bei der Verleihung eines Literaturpreises – die Regierung als eine Horde ungebildeter Analphabeten und Kunstbanausen bezeichnet. Vielleicht würde der Bundeskanzler es als Beleidigung betrachten, wenn genau von diesem jungen Poeten ein Buch im Regal steht.

Aber was ist mit den anderen Schriftstellern? Kann Nußbaum wirklich für jeden Autor die Hand ins Feuer legen, ohne sich die Finger zu verbrennen? Womöglich hat der eine oder andere auch einmal etwas gegen den Kanzler gesagt. Nußbaum beschließt, alles bis auf die Klassiker in den Keller zu räumen. Obwohl – so wenige Bücher im Regal – das sieht ganz schön unbelesen aus. Nußbaum ist hin und her gerissen. Er weiß nicht, was er tun soll.

Da übernimmt Agathe das Kommando. „Wir müssen zunächst einkaufen, bevor die Geschäfte schließen."

8 4703-8

Es klingt wie eine Erlösung. Diesmal schämen die beiden sich schon kaum noch, als sie in ihr schweinchenrosa Auto einsteigen.

Unterwegs wird ihnen klar, daß der Einkauf teuer wird. Sie haben nicht genug Geld dabei. Als sie vor der Bank halten, spurtet vor ihnen Lohmann zur Glastür. Aber die schließt sich gerade. Fast hätte sich Lohmann seine Nase eingeklemmt.

Hinter der Glastür steht der Filialleiter und erklärt mit großen Gesten, was Lohmann sowieso sieht: die Bank ist geschlossen.

Lohmann findet sich gleich damit ab. Aber Nußbaum will seine guten Beziehungen zum Filialleiter ausspielen. „Ich brauche dringend Bargeld. Es ist wirklich wichtig. Geheime Regierungssache sozusagen."

Herrje, denkt Lohmann, der spinnt mal wieder rum. Geheime Regierungssache! Er war ja schon immer ein bißchen komisch. Aber seit er Direktor geworden ist, dreht er völlig durch. Der landet noch in der Klapsmühle, wenn er so weitermacht.

Der Filialleiter nickt Herrn und Frau Nußbaum freundlich zu und verweist auf den Geldautomaten. Lohmann steht schon dort und schiebt seine Karte in den Schlitz. Dann tippt er die Geheimnummer: 8715. Er kann sie sich leicht merken, denn 8 und 7 ergibt 15. Als er den gewünschten Betrag eintippen muß, möchte er am liebsten eine Million, aber dann entscheidet er sich für dreihundert Mark, denn er weiß: eine Million würde der Automat ihm nicht geben. Dreihundert aber spuckt er großzügig aus.

Neben ihm kramt Nußbaum in der Tasche. „Agathe, hast du die Scheckkarte?"

Sie schüttelt den Kopf. „Aber wir besitzen doch gar keine. Du wolltest diesen neumodischen Kram nicht, hast du gesagt."

Nußbaum verdreht die Augen. Mußte sie das gerade vor Lohmann erwähnen? Warum konnte sie nicht einfach sagen: „Verzeih, Liebling, ich habe sie zu Hause vergessen."

Nußbaum räuspert sich. Außergewöhnliche Situationen erfordern außergewöhnliche Maßnahmen. Lohmann steckt sein Geld gerade ein und gibt den Automaten für Nußbaum frei. Lächelnd zieht Nußbaum seinen Kollegen ins Vertrauen: „Ich habe meine Karte vergessen, bin aber in Eile. Wissen Sie, eigentlich dürfte ich es Ihnen ja gar nicht erzählen. Aber Sie können ja schweigen, oder?"

„Doch, doch. Gewiß."

Nußbaum spricht ganz leise. Lohmann muß sein Ohr nah an Nußbaums Lippen halten, um überhaupt etwas zu verstehen. Aber da nun auch andere Leute vor dem Automaten auf Geld warten, ist Nußbaum gezwungen zu flüstern. „Die halbe Bundesregierung haben wir nämlich morgen zu Besuch."

Lohmann versucht, nicht zu lachen und nickt bestätigend.

„Der Bundeskanzler kommt, der Außenminister, der Innenminister und ..."

„... der Weihnachtsmann ...", fährt Lohmann fort. Erschrocken hält er sich dann den Mund zu.

Nußbaum tut, als hätte er das nicht gehört. „Ich habe nicht genug im Haus, Sie verstehen?"

„Klar", grinst Lohmann, „verstehe."

„Der Innenminister trinkt vor dem Essen gern einen

Obstler. Der Außenminister einen Sherry."
„Cream!" betont Agathe.
„Der Kanzler bevorzugt nach dem Essen Ostfriesentee mit weißem Kandis."
„Mit Sahne."
„Ist ja gut, Agathe."
Die anderen Leute werden schon aufmerksam und tuscheln.
„Also, um es kurz zu machen – können Sie mir etwas Geld leihen?"
„Aber sicher", lacht Lohmann schweren Herzens. Er zieht sein Geld wieder aus der Tasche. „Wieviel brauchen Sie denn?"
„Neunhundert."
„Was?" fragt Lohmann entgeistert. Er hatte mit fünfzig oder hundert Mark gerechnet. „Warum nicht gleich tausend?"
„Ja, noch besser. Guter Vorschlag. Also tausend. Schließlich brauchen wir viel Wein."
„So viel habe ich nicht mehr auf dem Konto."
„Dann überziehen Sie es!" befiehlt Nußbaum.
Lohmann gehorcht. Erneut schiebt er die Karte in den Schlitz. Aber in der Aufregung hat er seine Geheimnummer vergessen.
„Sag ich doch", mault Nußbaum, „diese neumodischen Dinger sind Mist."
Agathe kommt auf die unglückliche Idee, die Umstehenden zu fragen, ob jemand gesehen hat, welche Geheimnummer Lohmann eingetippt hat. Sie müssen aber alle passen.
Dann fällt Lohmann wieder ein, daß 8 und 7 15 ist. Während er die Zahlen eintippt, säuselt Nußbaum:

„Ach, nebenbei, würde es Ihnen etwas ausmachen, einen Tag lang auf meinen Hund aufzupassen?"

Lohmann drückt vor Schreck die 9 statt der 1. 8 und 7 ist aber nicht 95.

Das weiß auch der Automat. Falsche Zahlenkombination! gibt er bekannt und piepst verdächtig.

Lohmann versucht, sich auf die Zahlen zu konzentrieren. So ein Mist! ärgert er sich. So ein verdammter Bockmist! Wenn ich etwas nicht leiden kann, dann Nußbaums dicken Köter. „Auf Ihren Hund aufpassen?" fragt er dann, als hätte er nicht richtig verstanden.

„Ja. Ich bitte Sie darum. Nur dieses eine Mal."

Warum fällt mir jetzt keine Ausrede ein, und sei sie noch so faul! Eine Ausrede. Ich brauche eine Ausrede! „Lassen Sie mich raten – bestimmt ist der Bundeskanzler allergisch gegen Hundehaare, stimmt's?"

„Fast. Nur ist es nicht der Bundeskanzler, sondern der Chauffeur des Innenministers ..."

Lohmann nimmt den Hund. Aber er schwört sich, das den „Drei tollen Nullen" irgendwann heimzuzahlen.

28

Thomas ist mit dabei. Er fühlt sich fast als Schiedsrichter, obwohl er hofft – ganz unparteiisch ist er nicht –, daß Achims Hand nicht zerbissen ist. Er will einfach nicht, daß die „Drei tollen Nullen" mit ihrem leichtfertigen Verdacht recht behalten.

Olli sitzt schon im Baum vor Achims Fenster und lugt hinein. Ein Glück, daß er genau hier wohnt. Ein paar Meter weiter stadteinwärts stehen keine Bäume mehr vor den Häusern. Nur noch Straßenlaternen, und darin kann man schlecht unauffällig sitzen. Schon gar nicht zu zweit.

Olaf kraxelt zu ihr hoch. „Na, siehst du schon was?"

„Ja. Eine häßliche Gardine."

„Und was macht Achim?"

„Keine Ahnung. Es ist zu dunkel."

„Ich könnte ihn bitten, drinnen das Licht einzuschalten, damit wir ihn besser beobachten können."

„Scherzkeks. Es hat von hier aus sowieso keinen Sinn. Selbst wenn er einen Striptease bei offenem Fenster und voller Beleuchtung machen würde, eine kleine Bißwunde könnte man nicht sehen. Dazu sind wir zu weit weg."

Der Wind kräuselt Olafs Haar. Er sieht jetzt besonders hübsch aus. Am liebsten möchte Olli ihn küssen, aber dafür ist jetzt keine Zeit. Quatsch, denkt sie dann plötzlich. Zeit zum Küssen muß sein. Und sie verpaßt Olaf einen Super-Sex-Dauerbrenner, daß er fast vom Baum fällt.

In dem Moment öffnet Achim das Fenster und lehnt sich raus. Es sieht aus, als würde er etwas suchen. Er leuchtet sogar mit der Taschenlampe die Straße ab.

Thomas und Oskar suchen hinter einem Lkw Dekkung.

„Der ahnt etwas", flüstert Oskar.

So wie Thomas steht, könnte der Strahl der Taschenlampe seine Schuhe erwischen. Oskar zieht ihn hinter einen der großen Reifen.

Wenn Achim weiß, daß wir hier sind, denkt er, dann hat uns einer verraten. Wer, wenn nicht Thomas?

Plötzlich scheinen alle Teile des Puzzles zusammenzupassen: Olli beißt Achim in die Hand. Achim täuscht deswegen Scharlach vor und kommt nicht mehr zur Schule. Thomas lenkt mit dem Gipsarm den Verdacht bewußt auf sich. So verschafft er sich eine sichere „Eintrittskarte" zu den „Drei tollen Nullen" und weiß jederzeit, was die drei planen.

Am liebsten würde Oskar ihm eine Ohrfeige verpassen. Er hat nur Angst, daß Olli damit nicht einverstanden sein könnte. Außerdem, wenn das hier eine Falle ist, dann werden gleich aus den dunklen Hauseingängen die Mitglieder der „Schwarzen Rose" treten. Oskar befürchtet, es werden viele sein. Viel zu viele für Olli, Olaf und ihn. Er könnte dann Thomas als Geisel nehmen. Er könnte ihm den Arm auf den Rücken drehen und rufen: „Laßt uns gehen, oder ich ... (ja, was?)!" Es ist so dunkel, er könnte so tun, als ob er eine Waffe hätte ..., ach Quatsch, das glaubt ihm sowieso niemand. Es sei denn ...

„Der sucht uns nicht", meint Thomas. „Der gibt Signale mit seiner Lampe. Lang. Kurz. Kannst du das Morsealphabet?"

„Logo."

Da knipst Achim seine Lampe aus. Er hält sich das Funkgerät an den Mund. Die Antenne richtet er aus dem Fenster. Er selbst sitzt auf der Fensterbank. Der Mond läßt die Antenne glänzen wie einen goldenen Speer.

„Er will Kontakt zu seinen Leuten aufnehmen",

raunt Olli Olaf ins Ohr.

Überflüssigerweise fügt Olaf hinzu: „Wahrscheinlich hatte er in seinem Zimmer Empfangsprobleme, deshalb versucht er es jetzt aus dem Fenster."

„Hm. Vielleicht sind seine Batterien bald alle."

„Schade, daß in seinem Zimmer kein Licht brennt. Ich kann kaum was erkennen." Olaf überlegt kurz, dann berührt er Olli sanft am Kinn und flüstert: „Würdest du mir noch einen Kuß geben?"

Olli schüttelt den Kopf. „Nein. Ich will hören, was Achim funkt."

„A...aber dazu brauchst du doch deinen Mund nicht."

„Psst. Sei ruhig, Olaf!"

„Hier spricht Nummer eins. Bitte melden! Hier spricht Nummer eins! Erwarte Bericht. Wo seid ihr? ‚Schwarze Rose', bitte melden! An alle! Hier spricht Nummer eins! Es ist schon 22 Uhr 30. Wo bleibt ihr?"

Olli springt vom Baum. Sie federt unten auf und schreit: „Hier sind wir, du Ratte!"

Erschrocken knipst Achim die Taschenlampe an und richtet sie auf Olli.

Sie geht mit ausgebreiteten Armen auf ihn zu.

„Olli ..., du?" stammelt Achim.

„Ja. Da staunst du, was, du schwarze Papiertulpe, äh, Nelke - ach, Soße!"

„W...wo sind meine Leute?"

Nun springt Olaf vom Baum. Er schafft es nicht ganz so elegant wie Olli und landet auf dem Hintern. „Ich hab sie an meine Fische verfüttert!" lästert er. Dann fragt er ganz sachlich: „Hast du schon mal was von Piranhas gehört?"

„Laß mich rein“, sagt Olli und langt zu Achims Fensterbrett hoch.

Er schüttelt den Kopf und schlägt nach ihrer Hand. Sie packt sofort zu und schwingt sich an Achims Arm hoch wie Tarzan an einer Liane. Nur, sie schafft es nicht bis zu ihm rauf. Statt dessen fällt er zu ihr runter. Er landet weich. Auf Olli. Taschenlampe und Funkgerät klatschen in die Wiese.

Jetzt sind Thomas und Oskar da. Oskar glaubt in Achims Fall einen Angriff auf Olli zu erkennen und reißt ihn gleich von ihr los.

„Vier gegen einen ist unfair!“ ruft Achim.

„Ach, auf einmal?“ zischt Olli. „Zeig mir deine Hände!“

Oskar beobachtet Thomas. Aber der macht keine verdächtige Bewegung. Er scheint auch bereit zu sein, sich auf Achim zu stürzen, falls dieser Olli etwas tun will. Ist er doch kein Verräter?

Olaf hebt die Taschenlampe auf und leuchtet Achim an. „Halt deine Hände ins Licht“, fordert er scharf. „Denk an meine Piranhas.“

Achim zeigt die Linke vor. Sie ist unversehrt.

„Und jetzt das schöne Händchen“, befiehlt Olli. „Womit sagt der brave Junge guten Tag?“

Nur zögernd kommt die andere Hand.

„Mensch, Olli! Du hast vielleicht zugebissen!“ staunt Olaf.

„Mit der möchte ich keinen Ärger kriegen“, sagt Thomas respektvoll.

„Um ein Haar hättest du zwei Finger verloren“, stellt Oskar sachlich fest.

Achim fängt sofort an zu heulen. „Das tat auch

furchtbar weh ...", schluchzt er.

Olli hatte sich eigentlich fest vorgenommen, ihm – sobald er überführt ist – einen Satz heiße Ohren zu verpassen. Aber jetzt, da sie sieht, was sie angerichtet hat, vergißt sie es sofort. Außerdem machen flennende Jungs sie immer schwach. Sie verzeiht ihnen dann alles. Das hat sie von ihrer Mama.

Sie ist schon fast so weit, ihn um Verzeihung zu bitten, da wird ihr wieder klar, daß sie in Notwehr gehandelt hat. Jetzt würde sie ihm doch am liebsten eine donnern, aber irgendwie ist der Zeitpunkt verpaßt. „Von dir hätte ich es am allerwenigsten erwartet. Gerade du. Bist du wirklich der Boß der ‚Schwarzen Rose'?"

Achim schneuzt sich die tropfende Nase mit einem Taschentuch, das Olaf ihm hingehalten hat. „Ja. Ich bin es. Ich habe die ‚Schwarze Rose' erfunden."

„Aber warum?"

Achim setzt sich ins Gras. Olaf macht die Taschenlampe aus. Das Licht stört jetzt. Es macht Achims Weinkrampf für alle peinlich. Jetzt, in der Dunkelheit, wirkt das anders. Olaf überlegt sogar, ob er eine Hand tröstend auf Achims Schulter legen soll. Aber im restlichen Teil seines Gehirns tobt die bange Frage: Was, wenn jetzt noch die anderen Bandenmitglieder der „Schwarzen Rose" auftauchen? Wird es dann zum Kampf kommen?

„Wie viele seid ihr?" fragt Olaf nicht ohne Furcht.

„Fünf", antwortet Achim wie aus der Pistole geschossen. Dann erst versucht er zu erklären, warum er die „Schwarze Rose" gegründet hat: „Alle haben immer nur von euch gesprochen. Wer hat mich denn beachtet? Die ‚Drei tollen Nullen' hin und die ‚Drei tollen Nullen' her. Alles dreht sich in der Klasse immer nur um euch. Ach, in der Klasse – in der ganzen Schule! Und ich ... ich ..."

„Du bist immerhin Klassenbester", sagt Olli. Es soll wie ein Trost klingen, hört sich aber aus ihrem Mund ungewollt wie Spott an. Sie merkt es selbst und erschrickt. Hat sie bisher immer in diesem Ton mit Achim gesprochen?

„Ja!" bellt er zurück. „Klassenbester! Und was hatte ich davon?"

Gute Noten, will Oskar sagen, verkneift es sich aber.

Achim beantwortet seine Frage selbst. „Spott. Euren Spott. Streber habt ihr mich genannt."

„Blöder Streber", ergänzt Thomas.

Achims Nase läuft wie eine lecke Wasserleitung. Er braucht schon das zweite Papiertaschentuch. Er bekommt es von Olli. Es ist erst einmal kurz benutzt. Ihm scheint es schnuppe zu sein.

„Wenn er so weiterheult, trocknet er noch aus", sagt Oskar. Von Olli erhält er dafür einen Rippenstoß. „Ich mein ja nur ...", entschuldigt er sich unbeholfen.

Achim kriegt davon nicht viel mit. Er ist ganz bei sich und seinen Tränen. „Ihr habt immer nur Mist im Kopf, und alle Welt liebt euch. Und ich ..., ich ..." Die Tränen ersticken seine Stimme. Als er wieder Luft kriegt, lehnt er vorsichtig seinen Kopf an Olafs Schulter. „Ich wollte so gerne bei euch mitmachen. Aber ihr ertragt ja keinen anderen neben euch."

„Und deshalb wolltest du meine Fische umbringen?" fragt Olaf entgeistert.

„Nein, nicht wirklich. Aber ich wollte euch schokken. Ja, und dann wollte ich auch eine berühmte Bande gründen. Viel berühmter als die ‚Drei tollen Nullen'. Ich dachte, dann steht ihr vor meiner Tür und wollt Mitglieder werden ..."

„In so einem beknackten Verein?" fragt Oskar. „Wo sind denn deine anderen Leute?"

„Keine Ahnung. Vielleicht haben sie schon kalte Füße bekommen und sind abgesprungen."

Olaf läßt es zu, daß Achims Kopf weiter an seiner Schulter lehnt. Aber er räuspert sich, weil er fürchtet, sonst mit belegter Stimme zu sprechen. „Wie heißen deine Leute?"

Achim zuckt zurück, schluckt, sieht Olaf an.

Als müsse er erklären, warum er die Namen wissen will, erläutert Olaf: „Ich meine, ihr habt ganz schön harten Bockmist gebaut – und man verdächtigt uns."

Achim nickt. „Trotzdem", sagt er, „würdest du einen Kumpel verpfeifen, wenn man dich allein packt?"

Olaf überlegt, ob er die Wahrheit sagen soll. Er tut es. „Nein."

„Und wenn ihr zusammen ganz furchtbar schlimmen Schaden angerichtet hättet ..."

„Trotzdem nicht."

„Was würdest du tun?" fragt Achim.

„Ich denke, ich würde mich allein stellen und es allein ausbaden. Die anderen hätten ja dann die Chance, zu ihren Taten zu stehen oder nicht."

Achim vergißt das Taschentuch und wischt sich das verheulte Gesicht gleich am Ärmel ab. Er atmet tief aus. „Genau das werde ich tun. Ich werde zu Direktor Nußbaum gehen und alles gestehen, ohne jemanden zu belasten. Immerhin war ich der Boß. Ich löffle die

Suppe jetzt auch aus. Das Ganze macht keinen Spaß mehr. Eure Gags waren immer irgendwie um Längen besser."

„Stimmt", sagt Olli, „bei uns lachen die Leute, und bei dir heulen sie und tun sich weh."

29

Nicht ohne Respekt begleiten die „Drei tollen Nullen" Achim am nächsten Tag zu Direktor Nußbaums Haus. Sie bleiben ein wenig abseits bei ihren Fahrrädern stehen. Achim parkt sein Rad bei ihnen. Mit schweren, langsamen Schritten legt Achim den letzten Rest seines Weges allein zurück.

Als er in ängstlicher Erwartung am Gartentor steht, bringt der übernächtigte Nußbaum vor seinem klinisch sauberen Haus gerade ein großes Transparent an. Darauf steht: *Herzlich Willkommen!*

Grinsend sehen die „Drei tollen Nullen" von der anderen Straßenseite aus dabei zu.

Nußbaum sind inzwischen Bedenken gekommen, ob er nicht vielleicht hereingelegt wurde. Er hat beim Bundeskanzleramt angerufen, um die ungefähre Ankunftszeit zu erfahren. Aber dort kannte man keine Frau Dr. Marianne Benzinger.

Er steht auf der Leiter – Agathe hält sie fest – und nagelt das Transparent an, als er unter sich eine Jungenstimme hört. Eindeutig im Stimmbruch.

„Herr Direktor, ich möchte ein Geständnis ablegen."

Da weiß Nußbaum: Er wurde hereingelegt.

Wie konnte ich nur so blöd sein? fragt er sich und brüllt: „Der Bundeskanzler kommt nicht! Stimmt's?"

Das Hohngelächter der „Drei tollen Nullen" schallt über die Straße bis in Nußbaums Garten. Seiner Frau werden die Knie weich. Nußbaum hechtet von der Leiter.

„Ich bin der Chef der ‚Schwarzen Rose'!" sagt Achim tapfer. „Ich stehe zu meinen Taten."

Nußbaum packt ihn, schüttelt ihn. „Wer ist Frau Doktor Benzinger?" Nußbaum sieht plötzlich alles glasklar vor sich. Er beantwortet zähneknirschend seine Frage selbst: „Olli. Natürlich." Dann will er nur noch rüber auf die andere Straßenseite. Er rennt Achim fast um.

Achim versteht gar nicht, was los ist. Er wiederholt einfach sein Geständnis. „Ich bin der Chef der ‚Drei tollen Nullen', äh, ich meine der ‚Schwarzen Rose'."

„Wen interessiert das denn?" pflaumt Nußbaum ihn an und geht dann los wie ein Stier.

Die „Drei tollen Nullen" schwingen sich auf ihre Räder und ergreifen die Flucht.

„Nix wie weg!" ruft Olli. „Der darf uns jetzt nicht kriegen! Seine Wut ist zu frisch!"

„Bis er uns kriegt, hat er sich abgeregt", hofft Oskar. „Falls er uns kriegt."